TIME
Roulette
타임룰렛 11

초판 1쇄 인쇄일 2018년 4월 13일 ┃ **초판 1쇄 발행일** 2018년 4월 18일

지은이 최예균 ┃ **펴낸이** 곽동현 ┃ **담당편집 팀장** 이범수
편집부 신연제 김예리 이윤아 홍현주 김유진 조서영 정요한 김미경 박수빈

펴낸곳 (주)조은세상 ┃ **출판등록** 제 2002-23호
주소 경기도 연천군 미산면 청정로 1355
TEL 편집부 02)587-2966 ┃ FAX 02)587-2922
e-mail bukdu@comics21c.co.kr

최예균 ⓒ 2017
ISBN 979-11-6171-786-9 ┃ ISBN 979-11-6171-108-9(set) ┃ 값 8,000원

TIME
ROULETTE
타임룰렛 11

최예균 현대판타지 장편소설
NEO MODERN FANTASY STORY

CONTENTS

CONTENTS

TIME ROULETTE
타임룰렛

Chapter 117. 홀로서기

"마지막으로 10초를 카운트하고 최종 입찰을 마무리하 겠습니다. 10! 9! 8! 7! 6! 5! 4! 3! 2! 1! 입찰 마감하겠습니다."

입찰이 마감됐다는 소리에 나와 정찬우 교수의 시선이 허공에서 마주쳤다.

정찬우 교수가 먼저 말문을 열었다.

"……얼마 예상하십니까?"

최종 입찰 전의 가격은 4,900만 달러였다.

"분위기를 봐서는 6,000만 달러 예상합니다. 교수님은 요?"

"전 5,400만…… 아니, 5,500만 달러 예상합니다."

잠시 망설이던 정찬우 교수가 이내 결심이 선 목소리로 말했다.

슬쩍 고개를 돌려 민혜리에게 물었다.

"민 비서님은 얼마 예상하십니까?"

"네?"

"최종 낙찰가 말입니다."

"으음. 전 8,000만 달러요."

8,000만 달러면 현재 한화로는 870억이었다.

정찬우 교수와 내가 살짝 놀란 얼굴로 쳐다보자 민혜리가 처음으로 배시시 웃었다.

"어차피 지를 거면, 이 정도 액수는 불러야 하는 게 맞지 않을까요?"

"좋습니다. 그럼, 이렇게 하죠. 최종 낙찰가와 가장 가까운 근사치를 맞춘 분께 10만 달러를 드리도록 하겠습니다. 혹시 가격을 변경하고 싶으시면, 한 번 더 기회를 드리도록 하겠습니다."

정찬우 교수와 민혜리가 눈을 깜박였다.

수천 만 달러가 오가고 있는 상황이라 10만 달러가 작아 보일 수 있지만, 10만 달러면 한화로는 무려 일억 원이었다.

어지간한 중소기업 직장인의 2년 연봉에 가까운 큰 금액인 것이다.

"바꾸시겠습니까?"

마른 입술을 혀로 훔치며, 잠시 고민하던 정찬우 교수가 고개를 흔들었다.

"아닙니다. 전 처음 말한 가격 그대로 하죠."

"저도 그렇게 할게요."

민혜리 역시 정찬우 교수와 마찬가지로 고민하는 표정을 지었지만, 이내 결정을 바꾸지는 않았다.

'두 분 모두 나름 전문가인데 가격이 이렇게 차이가 나네.'

한 명은 전직 고고학과 교수, 또 한 명은 현직 경매장의 직원이었는데, 서로 추측하는 액수는 무려 2천만 달러 이상이 차이가 났다.

"흠, 그럼 저만 액수를 바꾸는 사람이 되겠네요."

"예?"

"바꾸실 생각이세요?"

정찬우 교수와 민혜리의 반문에 고개를 끄덕였다.

"민 비서님의 말을 듣고 생각이 바뀌었거든요. 어차피 부를 거라면, 9,000만 달러. 전 9,000만 달러로 하겠습니다."

민혜리가 말한 가격보다 1천만 달러가 높은 금액이었다.

'욕심이 아니라면, 거짓말이겠지.'

더 높은 금액에 낙찰됐으면 하는 바람.

분명 욕심일 것이다.

하지만 시간이 흐를수록 이상하게 정말 예상하지 못한 금액이 나오지 않을까 하는 기분이 들었다.

"그럼, 결과를 보도록 할까요?"

나를 비롯해 두 사람의 시선이 유리창 너머의 무대 위로 향했다.

무대 위로 올라온 한 남성이 안서희에게 종이쪽지를 건네주고는 곧장 내려갔다.

"자, 그럼 청나라 시대 황제였던 건륭제의 검에 대한 최종 낙찰가를 발표하도록 하겠습니다. 최종 낙찰가는……."

고요한 침묵 속에 모두의 시선이 안서희 입술로 향했다.

두구– 두구–

흡사 작은 요정이 귓가로 찾아와서 북을 두드리는 것 같은 소리가 들렸다.

안서희가 조심스레 손에 들고 있는 종이쪽지를 펼쳐 안에 적힌 숫자를 확인했다.

파르르–

순간 그녀의 눈썹이 떨리고 있다는 것을 느낀 사람은 나뿐이었을까?

입술을 강하게 질끈 깨문 안서희가 환하게 웃으며 외쳤다.

"황제의 검! 최종 낙찰가는 1억 달러입니다. 건륭제의 검은 1억 달러에 낙찰됐음을 알려 드립니다."

탕! 탕! 탕!

마치 판사가 법정에서 최종 판결을 선고하듯, 안서희가 단상 위 나무망치를 세 번 두드리며 경매가 끝났음을 선포했다.

그리고 그 모습을 처음부터 끝까지 지켜보던 나는 황당한 표정으로 반문을 할 수밖에 없었다.

"······1억 달러? 그러니까 지금 최종 낙찰 금액이 우리나라 돈으로 1천억 원이라는 건가요?"

처음 경매가의 시작은 1,000만 달러였다.

그런데 무려 10배가 오른 것이다.

"축하드립니다. 1억 달러면, 공식적인 국내 경매 물품 중에서 최고가네요."

"진심으로 축하드립니다."

민혜리와 정찬우 교수가 진심이 담긴 목소리로 축하를 건넸다.

하지만 정작 축하 인사를 받는 나는 얼떨떨한 기분이었다.

설마하니, 9,000만 달러를 부른 나조차 1억 달러에 낙찰이 될 줄은 생각지도 못했다.

앞서 말했던 것처럼 이왕 부르는 거 그냥 화끈하게 불러 본 것이기 때문이었다.

'이렇게 되면, 당분간 돈 문제는 걱정하지 않아도 되겠는데?'

경매장의 수수료와 세금을 제외하더라도 내가 받게 될 금액은 900억 이상이었다.

평범한 사람이 10번을 다시 태어난다고 할지라도 벌 수 없는 돈.

그 돈을 물건 하나, 한 시간의 경매를 통해 벌어들인 것이다.

잠깐이지만 혹시 꿈이 아닐까라는 생각이 머릿속에 스쳐 지나갔다.

하지만 스피커를 타고 흘러나오는 안서희의 목소리가 지금의 모든 상황이 현실임을 다시 한 번 일깨워 줬다.

"오늘 이 자리를 찾아 주신 귀빈들께 진심으로 감사의 인사를 드리며, 오늘 경매는 이것으로 마치도록 하겠습니다. 경매 진행인 안서희였습니다."

대한 경매장 이사실.

모니터를 통해 처음부터 끝까지 경매 진행 상황을 살피던 조칠현이 주먹을 불끈 쥐고 자리에서 일어났다.

"됐어! 좋았어!"

그의 입가에는 웃음이 한가득 걸려 있었다.

물건이 물건인 만큼, 내부에서는 최소 수천만 달러 이상은 나올 것으로 예상하고 있었다.

그렇기 때문에 최초 경매 시작가를 1,000만 달러로 시작한 것이다.

하지만 설마하니, 1억 달러나 되는 금액이 나올 줄은 이번 경매를 기획한 조칠현 또한 예상치 못한 일이었다.

"신라 쪽에서 알면 난리가 나겠군. 하하!"

계약에 따라 언론과 기자들에게 오늘 일을 발설할 생각은 없지만, 어차피 이 바닥은 좁다.

굳이 자신이 발설하지 않더라도, VVIP로 참석한 이들을 통해 세상에 알려질 게 뻔했다.

그리 되면 국내에서 돈 좀 있다는 사람들 모두가 알게 될 것이다.

더 이상 국내 업계 1위가 신라가 아니라는 것을 말이다.

그리고 그 왕좌를 대한이 차지했다는 것 역시.

조칠현이 오른 주먹을 꽉 쥐며 중얼거렸다.

"……아버지, 주변 도움 없이 제 능력으로 차근차근 올라가겠습니다. 그리고 꼭 할아버지께 보여 드리고 그간 받으신 서러움을 털어 드리겠습니다. 조금만 기다려 주세요. 반드시 다른 형제들이 아버지를 찾아와서 미안하다고 사과하게 만들 테니까. 제가 꼭 그렇게 할 겁니다."

책상 위에 놓여 있는 액자에는 어린 아이가 아버지로 보이는 사내에게 안겨 환하게 웃는 모습의 사진이 담겨 있었다.

그 사진을 바라보는 조칠현의 표정에 복잡한 상념이 머물 때였다.

똑- 똑-

문 밖에서 들려온 노크 소리에 조칠현이 액자에서 시선을 돌리고 말했다.

"들어오세요."

끼익-

문이 열리며 들어온 사람을 확인한 조칠현이 눈을 깜박거렸다.

전혀 생각지도 못한 사람의 방문이었기 때문이었다.

"······하 사장님? 대한 유통 하도식 사장님 아니십니까?"

비록 재벌가 막내의 막내라고는 하지만, 조칠현 또한 대한 그룹의 직계였다.

그룹의 어지간한 임원들의 얼굴은 머릿속에 똑똑히 각인되어 있었다.

"조 이사, 잘 지냈나?"

"네, 사장님. 그런데 여기는 어쩐 일이십니까? 아, 일단 이리 앉으시죠."

조칠현이 하도식 사장을 상석으로 안내했다.

"아니네. 손님이 어찌 주인 자리에 앉겠나? 나는 그냥 여기 앉겠네."

대한 그룹 직계라는 위치를 보면, 조칠현이 상석에 앉는 것이 맞다.

그러나 그룹 내의 위치로 보면, 하도식 사장은 상장된 계열사의 사장이었고 대한 경매장은 비상장이었기 때문에 이사인 조칠현이 하급자가 맞았다.

그러나 조칠현은 고개를 가로저었다.

"하 사장님께서는 저희 할아버지, 아니 회장님의 동생과 같은 분이시지 않습니까? 당연히 이 자리에 앉으시는 게 맞습니다. 만약 이 자리에 앉으시지 않겠다면, 얘기는 서서 듣도록 하겠습니다."

"허허, 이것 참. 알았네. 그러니 자네도 이리 와서 앉게나."

하도식 사장이 못이기는 척 상석으로 걸음을 옮겨 자리에 앉았다.

입가에는 어느덧 미소마저 한 줄기 걸려 있었다.

"사장님, 차는 뭐로 하시겠습니까?"

"녹차로 하지. 요새는 커피를 마시면, 밤에 잠이 안 와서 말이야."

삑-

"여기 녹차 두 잔 부탁해요."

인터폰을 눌러 녹차를 주문한 조칠현이 하도식 사장 옆에 앉으며 물었다.

"그런데 하 사장님. 연락도 없이 경매장까지는 어쩐 일이십니까? 혹시…… 갑작스레 비서실에서 부탁했던 경매 초대장과 관련이 있는 겁니까?"

경매 시작 한 시간 전, 조칠현은 대한 그룹 비서실로부터 한 통의 전화를 받았다.

금일 있을 경매장의 초대장을 하나 준비해 달라는 부탁이었다.

만약의 상황을 대비해 VVIP룸을 두 개 정도 비워 두었기 때문에 조칠현은 별다른 생각 없이 초대장을 발부해 줬다.

물론 초대장을 발부해 주면서 기대가 전혀 없었다면 거짓말일 것이다.

혹시나 할아버지인 조달만 회장이 직접 방문하려는 것은 아닐까 잠시 상상하기는 했었다.

하지만 발부된 초대장으로 경매장을 찾은 사람은 조칠현이 생전 처음 보는 인물이었다.

그래서 크게 신경을 쓰지 않고 있었는데, 느닷없이 하도식 사장이 찾아 왔기에 혹시나 하는 생각으로 물은 것이다.

하도식 사장이 고개를 끄덕이며 말했다.

"맞네. 사실 자네가 발부해 준 초대장은 내가 그룹 비서실에 부탁해서 받은 것이네. 오늘 이곳을 찾은 사람은 내 밑에서 일하고 있는 친구이고 말이야."

"그러셨군요. 다음부터는 그룹 비서실을 통할 필요 없이 제게 전화를 주시면 초대장을 발급해 드리겠습니다."

"허허, 그리해 주면 나야 고맙지."

하도식 사장이 너털웃음을 지으며 조칠현을 물끄러미 쳐다봤다.

그 모습에 조칠현이 편안한 미소를 지으며 말했다.

"하 사장님, 하실 말씀이 있으시면 조카 손자라고 생각하시고 편히 하시기 바랍니다. 경청하도록 하겠습니다."

"그렇게 말해 주니 고맙네. 그럼, 내 편히 말하겠네. 사실 오늘 경매장을 찾은 진짜 이유는……."

하도식 사장은 조달만 회장과 나눴던 얘기를 처음부터 끝까지 조칠현에게 들려줬다.

묵묵히 얘기를 듣던 조칠현은 간혹 고개를 끄덕이는 행동으로 자신의 의사 표현을 대신했다.

"……그래서 사람을 보내 입찰을 한 것인데. 그런 터무니없는 금액이 나올 줄은 생각지도 못했네. 1억 달러라니. 작은 회사쯤은 통째로 살 수 있는 금액이 아닌가?"

조칠현은 하도식 사장이 골동품과 관련해서는 큰 지식이 없음을 알 수 있었다.

그렇지 않다면, 1억 달러에 이렇게 놀란 반응을 보이지는 않았을 것이다.

"실례가 안 된다면, 얼마를 예상하고 오셨는지 여쭈어봐도 되겠습니까?"

"3천 5백만 달러네."

3천 5백만 달러면, 400억에 조금 못 미치는 수준이었다.

만약 하도식 사장이 말한 액수가 100억 정도의 수준이었다면, 조칠현은 얘기를 길게 할 생각이 없었다.

아무리 골동품에 관심이 없다고 해도, 구매하려는 물건에 대한 기본적인 정보도 사전에 파악하지 않았다는 건 물건을 매입할 생각이 없다는 것과 다름없기 때문이었다.

건륭제의 검은 최저로 가격을 잡는다고 해도 100억 이상은 나갈 물건이었다.

그 점에서 볼 때 그룹에서 3,500만 달러를 준비했다는 것은 검을 매입하기 위한 나름대로의 준비를 해 왔다고 볼 수 있었다.

주최 측이라고 할 수 있는 대한 경매장 쪽에서도 경매 낙찰가를 3~400억 정도로 예상했기 때문이었다.

문제는 경매에 참석한 VVIP들의 불이 뒤늦게, 그것도 아주 화끈하게 붙어 버렸다는 것이었다.

그게 바로 경매의 매력이자 변수였지만, 조칠현은 굳이 지금 자리에서 그 점을 설명하지 않았다.

하도식 사장이 조칠현의 눈치를 보며 조심스레 물었다.

"이보게, 조 이사. 혹시 1억 달러로 그 검을 낙찰받은 사람이 누구인지를 말해 줄 수 있는가?"

"……."

하도식 사장의 물음에 조칠현이 말없이 웃었다.

비밀 경매로 진행된 경매의 정보를 유출한다는 것은 경매장의 신용과 관련된 문제였다.

"말해 주기 어려운가?"

"아닙니다. 다른 사람의 부탁도 아니고 하 사장님의 부탁인데. 궁금하시면 알려 드릴 수 있습니다. 하지만 경매도 끝난 마당에 어째서 묻는 건지 그 이유를 먼저 여쭈어봐도 되겠습니까?"

"……젊은 시절 회장님께서 이리 말씀하셨네. 사업이란, 지금이 아닌 그 다음을 봐야 한다고 말이야. 설령 당장은 의미 없는 행동처럼 보일 수 있지만, 그 행동이 돌고 돌아 나중에 가서는 새로운 길을 만들어 줄 것이라고. 만약 우리 대한과 전혀 관계가 없는 사람이 물건을 가져간 것이라면, 포기를 하는 게 맞는 일이겠지. 하지만 그게 아니라면 마지막까지 손을 한번 내밀어 볼 생각이네."

"으음……."

만약 다른 사람이 했던 말이라면, 가볍게 웃어 넘겼을 것이다.

하지만 다른 사람도 아니고 그의 할아버지이자 대한민국

최고의 회사를 키워 낸 사람의 말이었다.

잠시 생각에 잠겨 있던 조칠현이 고개를 끄덕이며 입을 열었다.

"아무래도 이번만큼은 경매장 규정에 예외를 두도록 해야겠군요. 다른 것도 아니고 저희 집안의 사업과 관련된 문제이니까요."

밝아지는 하도식 사장의 표정에 조칠현이 미소로 답했다.

"이름은 류치하오. 조금 전 말씀하셨던 것처럼 현재 중국 주석인 시진핑을 모시는 비서입니다. 건륭제의 검은 그에게 1억 달러에 낙찰됐습니다."

하도식 사장이 탄식을 토하듯 중얼거렸다.

"역시 그 사람이었나. 중국의 다른 부호들도 많이 왔다고 들었는데."

"큰 차이는 없었습니다. 대부분 8~9천만 달러 이상을 불렀으니까요."

"……우리가 너무 안일하게 생각을 했나 보군."

"그보다 이제 곧 류치하오에게 물건을 넘기고 돈을 받을 예정입니다. 혹시 따로 만남을 원하시는 겁니까?"

"그건 아니네. 다만, 그 비서에게 이걸 전해 줄 수 있겠나?"

하도식 사장이 양복 주머니에 꽂혀 있던 만년필을 꺼내 조칠현에게 내밀었다.

만년필의 겉 부분에는 대한 그룹의 로고가 새겨져 있었다.

"이게 뭡니까?"

만년필을 받아든 조칠현이 이리저리 펜을 살펴보다가 이내 이상한 부분을 발견했다.

끝 부분에 달린 원통이 돌아가며, 그 속에 적혀 있던 알파벳과 숫자가 보인 것이다.

하도식 사장이 조칠현의 손에 들린 만년필을 가리키며 말했다.

"이번 경매에 사용하려던 금액이 담겨 있는 계좌네. 그걸 류치하오라는 그 비서에게 전해 주게."

조칠현은 어째서라는 질문 따위는 하지 않았다.

그 정도쯤은 대답을 듣지 않아도 충분히 이해할 수 있는 사안이었다.

"그거면 됩니까?"

"추후에 중국에서 연락을 하면, 따로 한번 뵙고 싶다는 말도 해 주면 좋을 것 같군."

"알겠습니다. 그렇게 하죠."

하도식 사장이 웃으며 자리에서 일어났다.

"고맙네. 그래도 자네가 도와준 덕분에 마음의 짐을 덜었네. 오늘 도움 받은 일은 내 꼭 회장님께 전해 드리도록 하겠네."

"아닙니다. 그저 저도 언젠가 도움 받을 일이 있으며, 그때 사장님이 한번 도와주시면 됩니다."

"응? 허허. 그게 뭔지는 모르겠지만, 내 도울 수 있는 일이라면 꼭 돕도록 하겠네."

잠시 고개를 갸웃거리던 하도식 사장이 웃으며 대답하자 조칠현은 그저 미소를 지으며 고개를 숙였다.

2013년 이후 정부는 골동품에 대한 경매 역시 과세를 부과하는 방식으로 법을 개정했다.

일단 과세 대상으로 판정이 된 골동품의 경우, 양도가액에서 필요 경비를 차감한 양도차익에 대해 20%의 원천징수세율이 적용된 세금이 부과된다.

여기서 필요경비란 실제 취득가액을 말하는데, 취득가액을 알 수 없는 경우 보유 기간이 10년 미만은 양도가액의 80%, 10년 이상은 90%를 인정한다.

건륭제의 검과 같은 경우는 10년 미만을 적용, 1,000억 원의 80%인 800억이 필요경비로 인정되므로, 차액 200억에 대한 20%의 세율이 적용되어 총 40억의 세금으로 부과되는 것이다.

또한, 이 금액의 10%에 해당하는 4억은 지방소득세로

납부하는 게 원칙이었다.

만약 일대일 거래를 했다면, 이와 같은 세금 문제는 걱정할 필요가 없을 것이다.

하지만 그리 되면, 거액의 돈을 받기 위한 차명계좌가 필요하게 된다.

갑작스레 큰 금액이 통장으로 입금될 경우 금융감독원의 조사를 받을 수 있기 때문이었다.

아깝긴 해도 그럴 바에는 깔끔하게 세금 문제를 털어 버리는 것이 훗날을 위해서라도 좋았다.

'세상에 영원한 비밀은 없는 법. 오늘 일이 기사로 나간다면, 나중에 세금 문제로 발목을 잡힐 수도 있는 노릇이니까.'

문제가 될 수 있는 것은 미리미리 해결해 둘 필요가 있었다.

아무튼, 이번 경매를 통해 각종 세금을 제외하고도 900억에 가까운 돈이 통장으로 들어왔다.

예상했던 금액의 4배에 가까운 액수였다.

이 정도의 금액이라면, 물질적으로는 다른 누군가의 도움 없이 신문사와 경호 회사를 설립하기에 충분했다.

하지만 정작 문제는 다른 곳에 있었다.

"……아직까지 연락이 없네."

KV 전자의 곽현민이 D.K 그룹을 방문한 지도 꽤 시간이 흘렀다.

그러나 안 집사는 물론 레이아도 내게 어떠한 연락도 취해 오지 않았다.

그런 와중에 오늘 신문 기사의 헤드라인에는 이와 같은 내용의 글이 실렸다.

[지각변동 예고! IT 업계 새로운 바람이 불어오나?]

금일 삼성 코엑스에서 D.K 그룹과 KV 그룹 간의 전략적 기술 제휴 체결식이 성사되었습니다.

나이트 북을 개발한 스냅의 모회사로 알려진 D.K 그룹은 업계 1위인 페이머스 북과 줄곧 경쟁 관계를 유지해왔습니다.

〈중략〉

KV 전자 곽현민 사장은 '이번 D.K 그룹과의 기술 제휴를 통해 새롭게 선보일 시스템은 IT 업계에 큰 지각변동을 일으키게 될 것'이라고 밝혔습니다.

〈중략〉

D.K 그룹의 레이아 부사장 또한 '향후 두 회사 간의 기술 제휴를 통해 IT 업계를 선도해 나갈 것'이라며 자신감을 내비쳤고…….]

기술 제휴 체결 때문이었을까?

관련 기사가 나가자마자 D.K 그룹과 KV 그룹의 주식은 큰 폭으로 상승했다.

뿐만 아니라 기대 심리 때문인지 IT 업계와 관련된 다른 주식 역시 소폭 상승되었다.

그러나 이와 같은 일이 벌어졌음에도 내게 걸려 온 전화는 한 통도 없었다.

이쯤 되면, 굳이 캐묻지 않아도 그 의사는 명백하다고 볼 수 있었다.

"처음부터 내 것이 아니었던 거지."

의도하지 않은 과거의 인연이 만들어 준 선물.

그 이상 그 이하도 아니었던 것이다.

"화를 낼 필요도, 원망할 필요도 없고 말이야."

내가 해 준 것 이상으로 안 집사에게 도움을 받은 것 또한 분명한 사실이었다.

만약 그의 도움이 없었다면, 지금 이 자리까지 오는 데 더 많은 시간과 노력, 큰 고생이 수반됐을 것이다.

이제는 그만 미련을 털고 정리할 필요가 있었다.

휴대폰을 꺼내 번호를 누르니, 몇 번의 신호음이 가다가 이내 목소리가 들렸다.

우웅-

[……네, 에이션트 원.]

많이 지치고 힘이 들어 보이는 목소리였다.

그러나 이유를 묻고 걱정을 하기에는 시간이 너무 많이 흐른 뒤였다.

"지금 좀 뵙도록 하겠습니다."

평소와 다름없이 방문한 D.K 그룹의 회장실에는 안성우가 굳은 얼굴로 자리에 앉아 있었다.

그의 얼굴은 무척 수척해 보였다.

인중과 턱, 볼에는 깎지 않은 수염이 덥수룩하게 자라 있었다.

"오랜만에 뵙네요."

그저 안부를 묻는 말일 수도 있지만, 듣는 입장과 상황에 따라서는 전혀 다르게 들릴 수도 있는 말이었다.

안성우가 어렵사리 입을 열었다.

"……잘 지내셨습니까?"

"저는 잘 지냈습니다. 오면서 재미난 기사도 봤고 말이죠."

"……."

"궁금한 건 많지만, 어째서라는 말은 하지 않겠습니다. 그간 제게 보여 주신 호의와 도움을 고려하면, 일부러 그런 건 아니라고 생각되니까요."

"에이션트 원, 이번 일은……."

"하지만!"

안성우의 말을 끊고 한 걸음 앞으로 걸어 나갔다.

"이미 서로의 신뢰가 무너진 건 엄연한 사실입니다. 그리고 한 번 무너진 신뢰를 다시 고치기에는 시간이 너무 많이 흐른 것 같네요."

품속에서 차키를 비롯한 카드를 꺼내 테이블 위에 올려놓았다.

모두 편의를 위해 안성우에게 받은 것들이었다.

하지만 관계를 정리하기 위해서라면, 제일 먼저 정리가 필요한 물건들이기도 했다.

"집에 있는 짐들은 이미 정리했습니다. 그간 잘 사용했습니다."

"이대로…… 이대로 인연을 끊으실 생각인 겁니까?"

"제 결심은 이미 지난 제주도에서 말씀을 드렸던 것 같은데, 부족했었나요?"

"에이션트 원!"

안성우가 간절함이 담긴 목소리로 날 불렀다.

그 목소리에 굳게 다짐했던 마음 한구석이 흔들렸다.

'후우, 약해지지도 흔들리지도 말자. 이미 결정한 거잖아.'

속으로 심호흡을 하며, 흔들리려는 마음을 애써 부여잡았다.

한 번 벌어진 일이 두 번, 세 번 벌어지지 말라는 보장은 없다.

그렇게 된다면, 오늘과 같은 감정으로 안성우를 바라보
고 있지 못할 것이다.

내 인생에서 뒤통수를 맞고도 이리 웃으며 말할 수 있는
것은 아마도 오늘이 처음이자 마지막일 것이다.

"좋은 기억으로만 간직하겠습니다. 그리고 될 수 있다
면, 앞으로 서로 적이 되는 일은 없었으면 좋겠습니다. 회
장님, 그간 정말 고마웠습니다."

부르르─

털썩─

회장님이란 소리를 듣는 순간, 자리에서 일어서려던 안
성우가 몸을 떨며 의자에 주저앉았다.

집사가 아닌 회장이라는 호칭에 이제 정말 마지막임을
깨달은 것이다.

그런 안성우를 뒤로하고 가볍게 고개를 숙인 뒤 몸을 돌
렸다.

벌컥!

바로 그때였다.

회장실의 문이 열리며 낯익은 여성이 뛰어들어 왔다.

그녀는 다름 아닌 레이아였다.

"안! 괜찮아요? 당신……."

날 확인한 레이아의 입에서 에이션트 원이라는 호칭 대
신 당신이라는 단어가 곧장 튀어나왔다.

그 목소리에 난 그저 쓴웃음을 지었다.

수척해진 안성우의 얼굴과 다르게 레이아의 얼굴은 변함이 없었다.

아니, 오히려 빛이 난다고 할까?

'역시 이 모든 일을 추진한 건, 레이아 당신이었군.'

처음부터 그녀는 KV 그룹과 싸우는 것을 극구 반대했었다.

그럼에도 여기까지 따라왔던 것은 날 적극적으로 지지해 주는 안성우가 있기 때문이었다.

"레이아, 오랜만이네요."

"……안에게 무슨 얘기를 한 거죠?"

지금과 같은 상황에서도 역시 그녀는 안성우에 대한 것부터 챙겼다.

"별다른 얘기는 하지 않았습니다. 앞으로 그냥 서로 원하는 길을 가자고 했을 뿐이죠."

"……."

레이아가 지그시 날 노려봤다.

그 모습에 한편으로는 서운함이 들기는 했지만, 그런 감정에 취할 생각이었다면 애초에 이곳에 오지도 않았을 것이다.

"참. 깜박하고 말씀드리지 않은 게 있는데, 두 분이 함께 계실 때 말하는 게 좋겠군요. 희망 재단 말입니다."

희망 재단이라는 얘기가 흘러나오자 레이아의 표정이 굳어졌다.

희망 재단은 현재 대한민국 기부 재단 중에서 유보 자금이 가장 많은 곳으로, 세계적으로도 큰 관심을 받고 있었다.

물론 현 이사장인 레이아의 경영 능력이 뛰어난 덕분이기도 하지만, 그렇게 성장할 수 있었던 원초적인 이유는 5천억이라는 거금이 일시에 투입됐기 때문이었다.

그리고 그 5천억의 출처는 다름 아닌 나였다.

다시 말해서 D.K 그룹과의 인연이 끊긴 이상, 그 소유권은 내게 돌아오는 것이 맞았다.

"……재단을 다시 돌려받기를 원하는 건가요?"

레이아의 목소리가 살짝 떨리고 있음을 느꼈다.

설마 일을 진행하면서 이런 상황이 벌어질 수도 있다는 생각은 하지 않았던 것일까?

그도 아니면, 법적으로 싸우면 이길 수 있다고 생각한 것일까?

'마음 같아서는 토해 내라고 하고 싶지만, 그래도 그건 아니지.'

D.K 그룹이 아무리 대단하다고 한들 단숨에 5천억이나 되는 자금을 마련하는 것은 불가능하다.

그렇다고 희망 재단을 처분하는 것 역시 쉬운 일은 아니었다.

D.K 그룹은 외국계 기업임에도 불구하고 희망 재단을 설립해서 적극적으로 KV 백화점의 유가족을 도움으로써 기업의 인지도나 평판이 가파르게 치솟았다.

그런데 인제 와서 재단을 처분했다가는 그간 국내에서 쌓았던 기업의 이미지가 송두리째 무너질 게 뻔했다.

맹수의 제왕 사자라고 할지라도 수십 마리의 하이에나들에게 물어뜯기면, 갈기갈기 찢기는 건 초식동물과 매한가지였다.

"재단은 지금처럼 운영합니다. 애초에 재단을 설립한 가장 큰 목적은 끔찍한 사고가 일어났음에도 제대로 보살핌을 받지 못하는 유가족들을 돕기 위해서였으니까요. 단!"

시선을 돌려 레이아를 쳐다봤다.

눈빛을 받은 레이아가 흠칫 몸을 떨었다.

"만약 재단을 이용해서 이상한 짓을 벌인다면, 결코 좌시하지 않겠습니다. 레이아 이사장님, 아시겠습니까?"

기업들이 재단을 설립하는 가장 큰 목적은 세금 감면과 비자금 조성에 있었다.

그 사실을 잘 알고 있기 때문에 레이아에게 확실히 경고를 해 둔 것이다.

"……명심하도록 하죠."

"레이아, 제주도에서 위험에 빠졌던 날 구하기 위해 백방

31

으로 힘써 줬던 일은 고맙게 생각합니다. 하지만 그 일은 이번에 D.K 그룹과 KV 그룹이 사업적 파트너가 된 것과 더는 제가 이곳에 나타나지 않는 것으로 끝난 겁니다. 다시 말해서 이제 저희는 서로에게 아무것도 빚진 것이 없는 상태라는 겁니다. 제 말 무슨 뜻인지 아시겠습니까?"

마지막 순간에 살짝 패기를 사용했다.

안성우라면 모르지만 레이아는 오늘 이 순간이 지나면 생각이 바뀔지도 모른다.

그런 일이 벌어지지 않도록 하기 위해서는 트라우마라 할 정도로 확실하게 각인을 시켜 줄 필요가 있었다.

"……."

"제 말 아시겠습니까?"

"아, 알겠어요. 꼭 명심하도록 할게요."

재차 묻자 레이아가 연신 고개를 끄덕이며 대답했다.

진실과 거짓까지 사용해서 확인하니, 그녀의 지금 대답은 사실이었다.

고개를 돌려 안성우를 바라보니, 그사이 10년은 더 늙어 보였다.

마음이 안쓰럽긴 했지만, 이제는 돌이킬 수 없다.

"그럼, 모두 건강하시길 바랍니다. 인연이 닿는다면 또어디선가 보겠죠. 되도록 그때는 서로 얼굴 붉힐 일이 없었으면 좋겠군요."

마지막 인사를 건넨 뒤 가벼운 마음으로 회장실을 걸어
나왔다.

　　이것으로 D.K 그룹과 엮인 모든 일을 털어 버렸다.

　　이제부터는 진정한 홀로서기, 새로운 출발을 시작할 때
였다.

TIME ROULETTE
타임룰렛

Chapter 118. 2년 후

두 번의 겨울이 지나고 따뜻한 봄이 찾아올 무렵.

길가에 쌓여 있던 눈이 물이 되어 녹아내리고, 사법 연수원에는 아쉬움과 환호 등 다양한 감정으로 뒤섞인 목소리가 흘러나왔다.

"……명심하시기 바랍니다. 여러분이야말로 이 대한민국 법조계를 이끌어 나갈 새로운 희망이자 미래라는 사실을 말입니다. 이상으로 수료식을 마치도록 하겠습니다. 여러분 모두 정말 고생 많았습니다."

짝— 짝—

곳곳에서 박수 소리가 흘러나오며, 사법연수원장인 최지

훈 판사가 단상을 내려왔다.

그 모습을 보고 있자니, 이제 정말 끝이라는 생각이 떠올랐다.

'아니, 새로운 시작이지.'

입가에 미소를 짓고는 자리에서 일어나 강당 밖으로 걸어 나갔다.

강당 밖에는 수료식이 끝나기만을 기다리던 가족들로 잔뜩 성시를 이루고 있었다.

그리고 그중에는 내가 보고 싶은 얼굴들도 있었다.

"아버지! 혜진아!"

아버지의 손을 꼭 잡고 있던 최혜진이 날 발견하고 손을 흔들어 보였다.

"헤헤, 생각보다 일찍 끝났네? 고생했어!"

"고생은 무슨. 아버지, 추운데 왜 여기 계셨어요?"

봄이 찾아오며 날이 풀렸다고는 하지만, 아직도 바깥은 칼바람이 불고 있었다.

자칫 감기라도 걸리시지 않을까 걱정 어린 목소리로 묻자, 아버지는 따뜻한 미소를 지어 보이시며 내 손을 잡아 주셨다.

"춥기는. 그보다 진짜 고생 많았다. 그래, 검찰청으로 출근은 언제부터라고?"

"아직 3주 정도는 시간이 있어요."

"허허. 우리 아들이 검사라니, 이제 이 아버지는 죽어도 여한이 없다."

"무슨 그런 말씀을 하세요. 앞으로 더 오래오래 건강하게 사셔야죠."

"헤헤, 아버님! 이럴 게 아니라 날씨도 추우니까 따뜻한 곳으로 가요. 제가 아주 맛있는 고깃집 예약해 놨어요."

"그럼, 그럴까?"

최혜진이 이끄는 손에 아버지가 고개를 끄덕이고는 이내 걸음을 옮겼다.

그 모습에 나 역시 웃으며, 그 뒤를 따라 걸었다.

우웅-

걸음을 옮기는 사이 한 통의 문자가 왔다.

[대표님, 저녁에 잠깐 뵐 수 있을까요?]

발신인은 차태현 기자, 아니 이제는 차태현 국장에게서 온 메시지였다.

[알겠습니다. 항상 보던 곳에서 뵙죠.]

2년은 누군가에는 짧은 시간일 수 있지만, 수많은 사건들이 생길 만큼 충분히 긴 시간이었다.

그건 내가 겪은 2년의 시간 역시 마찬가지였다.

'2년 동안 참 많은 일들이 있었지.'

D.K 그룹과 작별한 뒤부터 정말 숨 막히는 일정의 연속이었다.

우선 건륭제의 검을 처분해서 확보한 900억의 자금으로 차태현 기자를 주축으로 한 신문사를 설립했다.

신문사의 명칭은 고민 끝에 한빛 일보라고 이름 지었다.

한빛은 순 우리말로, 세상을 이끄는 환한 빛이라는 뜻을 지니고 있었다.

대표이사 자리는 공석으로 하되, 실질적인 경영권을 비롯한 지분 구조는 100%로 내가 가졌다.

이미 D.K 그룹과의 일을 통해 처한 상황과 환경에 따라서 사람의 마음이 얼마든지 변할 수 있다는 것을 알게 되었기 때문이었다.

단, 차태현 기자를 한빛 일보의 총괄 국장으로 삼아 인사권을 내주고 그가 생각하는 가장 이상적인 형태의 신문사를 만들도록 했다.

덕분에 초기 5명으로 시작됐던 한빛 일보는 서서히 동종업계 사람들에게 입소문을 타면서 인원이 50명 가까이로 늘어났다.

아직 신문사로서 이렇다 할 수익은 없지만, 창립 목표대로 정치, 경제, 사회 등 각 분야에 올바른 소리를 내면서 대중에게 한빛이라는 이름을 착실하게 알리는 중이었다.

그 밖에도 얼마 전 경호 회사를 운영하는 데 있어 적합한 경영자를 찾아내었다.

든솔이란 이름으로 사업자 등록을 마친 경호 회사는 현재 전반적으로 회사로서의 모습을 서서히 갖춰 가는 중이었다.

'그러고 보면 사람 인연이란 게 참 신기하단 말이야. 인연이 악연이 되고 악연이 인연이 되기도 하니까.'

곧 부임할 경호 회사 든솔의 새로운 경영자를 떠올리고는 웃음을 흘렸다.

나 역시도 그 사람과 내가 이런 식으로 인연이 엮일 줄은 상상도 하지 못했다.

"정훈아! 거기서 뭐해?"

"아, 미안. 금방 갈게."

차 문을 열고 기다리고 있는 최혜진의 목소리에 급히 손을 들고는 걸음을 빠르게 옮겼다.

운전석에 올라타자 조수석에 앉아 안전벨트를 착용하던 최혜진이 물었다.

"길 한복판에 서서 무슨 생각을 그렇게 하고 있던 거야?"

"그냥…… 처음 연수원에 들어오던 시절 생각?"

"그러고 보니 그게 벌써 2년 전이지? 후우, 시간 한번 빠르다. 그때만 해도 우리 남친께서 연수원 수석까지 거머 쥘 줄은 상상도 못했는데 말이야. 그렇죠, 아버님?"

애교가 잔뜩 섞인 최혜진의 목소리에 뒷좌석에 앉은 아버지가 웃음을 흘리며, 고개를 끄덕이셨다.

"그러게 말이다. 누구 아들인지, 참 잘 자랐다."

"아버님 아들이고 제 남자친구죠. 헤헤."

죽이 척척 맞는 두 사람을 보고 있자니, 나 역시 절로 웃음이 흘러나왔다.

"부끄러우니까 그만들 하시죠. 그보다 예약한 식당이 어디야?"

"여기서 멀지 않아. 백제 갈비라고 검색하면 될 거야."

"백제 갈비라, 오케이."

내비게이션으로 검색을 하니, 대략 15분 정도 거리에 있는 식당이었다.

그렇게 내비게이션이 안내하는 방향에 따라 10분 정도 차를 운전할 때였다.

찌릿- 찌릿-

발끝부터 머리까지 전기가 관통하듯 찌릿한 느낌이 치솟아 올랐다.

〈직감〉

고유: Passive

39

등급: C+

설명: 20년의 세월 동안 CIA 요원으로 근무했던 제임 월스는 항상 수많은 위기와 위험을 겪어 왔습니다.

그런 그에게는 죽기 직전까지 누구에게도 알리지 않은 한 가지 비밀이 있었는데, 바로 위기의 순간 본능적으로 위험을 감지하는 능력이었습니다.

이 능력으로 인해 제임 월스는 CIA 최고의 추적 및 정보 조작 전문가로 활동할 수 있었고, 그 기록은 그가 은퇴한 이후에도 CIA에 전설로 내려오고 있습니다.

효과: 자신에게 적의를 가진 사람이 500m 이내에 접근할 경우 위험을 감지할 수 있습니다.

*등급이 오를수록 확인 가능한 범위와 추가 효과가 생성됩니다.

*현재 추가 효과는 없습니다.

2년 동안 룰렛을 통해 다녀온 여행은 두 번.

그중 직감은 지금으로부터 1년 전, 미국 CIA 요원이었던 제임 월스로부터 획득한 능력이었다.

패시브 능력인 직감이 활성화된 상태일 경우, 500m 이내로 내게 적의를 가진 사람이 접근을 하면 지금처럼 몸에 전기가 흐르듯 찌릿한 느낌이 전해진다.

물론 그렇다고 이 능력이 만능은 아니었다.

적의라고 하는 것이 사람과 사람이 길을 가다가 어깨만 부딪쳐도 순간 생겼다가 사라질 수 있는 것이었다.

그렇기 때문에 정말 의도적인 것인지 순간적인 것인지를 파악하기가 애매할 때가 있었다.

물론 지금과 같이 도로에서 운전을 하고 있는 경우는 다르겠지만 말이다.

'최근에는 잠잠하던데. 또 누구지?'

2년 전, 롱가 일행과의 마찰 이후 그들은 별다른 행동 없이 미국으로 다시 돌아갔다.

정확한 이유는 알 수 없지만, 짐작하기로는 당시 미국의 금융 위기에 따른 달러 가치의 하락과 유력한 대통령 후보였던 힐러리가 낙선하고 트럼프가 대통령의 자리에 오른 것과 관련이 있지 않을까 추측하고 있다.

그 뒤로 그들은 지금까지 이렇다 할 움직임을 보이지 않는 상황이었다.

한편으로는 다행이라는 생각이 들었다.

만약 그들이 제대로 움직였다면, 아무리 나라고 해도 다수의 일을 진행하는 데 여러 문제가 생겼을 것이다.

당시의 상황으로는 D.K 그룹의 지원에서 독립을 하고 KV 그룹에 대항할 능력을 키우는 게 먼저였기 때문이었다.

'그들이 아니라면, 생각해 볼 수 있는 건…… 혹시 그

사람들인가? 하지만 그 사람들이라면 저렇게 티가 나게 움직이지는 않을 텐데.'

조수석에 앉은 최혜진과 뒷좌석의 아버지는 평상시와 다름없이 대화를 나누는 중이었다.

그 모습을 잠시 바라보다가 자연스럽게 차의 속도를 줄이며, 차선을 2차선에서 1차선으로 변경했다.

그렇게 또 얼마쯤 운전을 하다가 이번에는 다시 2차선에서 1차선으로 차선을 변경했다.

'은색 소나타. 저 차인 것 같은데?'

룸미러로 뒤쪽을 살피며 차선을 몇 차례 변경하니, 은색 소나타 차량 한 대가 일정한 거리를 둔 채 끈질기게 따라붙고 있는 것을 확인할 수 있었다.

다만 운전석에 썬팅이 워낙 두껍게 되어 있어서 차량을 운전하고 있는 사람의 성별과 국적을 파악하기는 힘들었다.

[목적지에 도착했습니다.]

그렇게 신경을 곤두세우고 얼마간 운전을 했을까?

목적지에 도착했다는 내비게이션의 목소리가 흘러나왔다.

딸칵―

최혜진이 안전벨트를 풀며 몸을 뒤쪽으로 돌렸다.

"아버님! 여기가 금요미식회에서 갈비 편 최고의 맛집으로 꼽힌 곳이에요. 저번에 저희 부모님이랑도 함께 왔었는데, 엄청 좋아하시더라고요."

"그래? 그렇지 않아도 며칠 전부터 갈비가 먹고 싶었는데, 잘됐구나."

"헤헤, 제가 문 열어 드릴게요. 잠깐만요."

재빨리 차에서 내린 최혜진이 뒷좌석의 문을 열어 줬다.

평상시라면 그런 최혜진의 모습에는 고마움을 느끼고, 흐뭇하게 내리는 아버지의 얼굴을 바라보며 기쁨을 만끽했을 것이다.

하지만 안타깝게도 지금은 그럴 상황이 아니었다.

신경이 온통 은색 소나타에 쏠려 있기 때문이었다.

"혜진아."

"응?"

"아버지 모시고 먼저 들어가 있을래? 나 잠깐 전화 좀 하고 들어갈게."

"알았어! 아버님, 저랑 먼저 들어가요."

자연스럽게 말했기 때문에 두 사람은 이상함을 느끼지 못했다.

최혜진이 아버지를 모시고 식당 안으로 들어가는 모습을 확인하고 다시 룸미러를 확인했다.

은색 소나타는 식당 주차장 끝에 주차를 하고 대기 중인 상황이었다.

슬그머니 호주머니에서 휴대폰을 꺼내 저장된 번호로 빠르게 문자 하나를 보냈다.

[은색 소나타 서울 나 7642]

D.K 그룹과 작별하고 정신적으로 가장 아쉬웠던 것은 안성우와의 헤어짐이었지만, 물질적인 측면에서는 누가 뭐라고 해도 나이트였다.

최첨단 인공지능인 A.I인 나이트는 수천억의 돈보다 값진 재산이라고 할 수 있었다.

하지만 그렇다고 해서 나이트의 능력에 집착한다면, 결코 D.K 그룹 그리고 안성우와의 이별을 택하지 못했을 것이다.

'뭐, 물론 레이아가 나이트의 존재를 알고 있었다면 그렇게 쉽게 헤어지지는 못했겠지.'

안성우와 달리 레이아가 나이트의 존재를 알았다면, 그녀는 철저하게 나이트를 사업적으로 이용했을 것이다.

그리고 그건 내게는 썩 달가운 일은 아니었다.

분명 나이트를 활용해서 나에 대해 감시할 확률이 높았기 때문이었다.

그러나 내가 본 바로는, 안성우는 레이아에게 나이트의 존재를 밝힐 생각이 없었다.

그렇기 때문에 당시 안성우에게 과감하게 작별을 고할 수 있는 것이기도 했다.

그렇다고 정보의 부재를 쉽게 생각할 수는 없는 노릇이었기 때문에 이에 대한 대비책도 진행해 나갔다.

신문사와 경호 회사 다음으로 착수한 계획은 정보를 다루고 수집할 수 있는 제법 쓸 만한 수준의 작은 회사를 하나 차리는 것이었다.

물론 나이트의 능력과 비교할 정도는 아니었지만 말이다.

'이가 없으면 잇몸으로. 나이트보다는 부족하지만, 이 또한 시간이 지나면 어느 정도 보완이 되겠지.'

이러한 대처가 가능했던 것은 현대와 비교적 큰 시간 차이가 나지 않은 시점에서 은퇴를 했던 전직 CIA 요원, 제임 월스의 기억 덕분이었다.

'후후. 그때 그 녀석 얼굴이 아주 정말 끝내줬지. 마치 귀신을 본 표정이었으니까. 참, 이럴 게 아니라 어떤 간 큰 녀석이 미행을 붙었는지 얼굴이나 한번 확인해 볼까?'

딸칵―

벨트를 풀고 가볍게 목을 좌우로 움직였다.

은색 소나타가 주차되어 있는 곳까지는 대략 100m.

내가 올 것을 알고 미리 차량을 후진할 준비를 하고 있는 게 아니라면, 충분히 잡을 수 있는 거리였다.

　'후우, 그럼.'

　가볍게 속으로 심호흡을 한 뒤 타고 있던 차량의 손잡이에 손을 올렸다.

TIME ROULETTE
타임룰렛

Chapter 119. 우리는 잊지 않았어요.

딱-

문이 열리고, 아스팔트에 신발의 밑바닥이 닿고, 바람처럼 몸이 뛰어 나가기까지 걸린 시간은 눈 한 번 깜빡이는 시간보다 짧았다.

웅웅—

순식간에 은색 소나타와의 거리가 코앞까지 가까워질 무렵, 자동차의 RPM이 올라가는 소리가 귓가를 흔들었다.

하지만 딱 거기까지였다.

보닛(bonnet)에 손을 올리고 짙게 썬팅이 되어 있는 창문을 향해 고개를 들이밀자, 시끄럽게 굴던 RPM 소리가 점차 줄어들었다.

'그래도 완전히 돌은 녀석은 아니었네.'

세상천지 별의별 사람이 있는 만큼 운전자가 무턱대고 액셀러레이터를 밟은 가능성도 염두에 두지 않은 것은 아니었다.

물론 그런 식으로 반응했다면, 나 역시 지금과 같이 신사적으로 행동하지는 않았을 것이다.

단순히 미행을 하는 것과 죽이려고 하는 것은 비교할 수 있는 수준이 아니니까 말이다.

똑– 똑–

"대화 좀 합시다."

창문을 두드리며 말하자 운전석의 창문이 천천히 내려갔다.

위잉–

'여자네? 그런데 낯이 익어. 어디서 봤더라?'

운전석에 타고 있는 사람은 파란 야구 모자를 깊게 눌러쓴 여성이었다.

그런데 어디선가 본 적이 있는 것처럼 낯이 익었다.

문제는 아무리 기억을 더듬어도 생각이 나지 않는 다는 것이다.

즉, 상대를 본 적은 있어도 주의 깊게 관찰하거나 대화를 나눠 본 적은 없다는 뜻이었다.

'지능이 올라가면 이런 것도 좀 해결되어야 하는 거 아니야?'

두 번의 여행을 다녀오면서, 능력 역시 2년 전보다 훨씬 향상되었다.

하지만 향상된 능력으로도 이런 부분만큼은 어쩔 수가 없었다.

그나마 이 부분을 해결해 줄 수 있는 부분은 스킬이지만, 아쉽게도 아직은 적당한 스킬을 찾지 못한 상황이었다.

"……무슨 일이시죠?"

떨림 없는 목소리. 그리고 자연스럽다.

나를 바라보는 눈동자 역시 평온하기 짝이 없다.

'둘 중 하나겠지.'

정말 우연히 내가 운전하는 차량과 목적지가 같았거나, 혹은 고도의 훈련을 받은 사람이거나.

답은 당연히 후자이겠지만.

"무슨 일이라. 할 말이 그게 답니까?"

"자꾸 이상한 소리 하시면 경찰 부를 거예요. 빨리 가세요!"

여성이 짐짓 화난 목소리로 소리쳤다.

우웅—

"아, 미안한데. 잠깐만요. 갑자기 문자가 와서."

창문을 올리지 못하게 손으로 단단히 잡고 휴대폰을

꺼내 메시지를 확인했다.

[은색 소나타 서울 나 7642 차주 등록 정보
성명: 김하나
나이: 26살
경력: 707 특임대 중사 전역
직장: (前) 경영일보 사회부 기자]

휴대폰으로 날아온 메시지에는 소나타 차량의 소유자에
대한 신상이 담겨 있었다.

"음, 저기 김하나 씨?"

"……!"

차량의 소유자와 지금 눈앞의 여성이 다른 사람일 수도
있기 때문에 슬쩍 이름을 거론해 봤다.

그러자 자세는 여전하지만, 김하나의 눈동자가 눈에 띄
게 흔들렸다.

'본인이 맞는 것 같기는 한데. 그나저나 특전사 출신의
전직 기자라고? 그런 사람이 나를 왜? 그러고 보니 한빛 일
보 근처에서 본 적이 있는 것 같기도 하네.'

평생직장은 이제 옛말이었다.

사람이 살면서 직업을 바꾸는 일은 아주 흔한 일이었
다.

하지만 특전사 출신, 그리고 전직 기자라는 경력은 확실히 연관 관계를 찾기 쉽지 않은 직업들이었다.

"피차 할 말이 있으면, 직접 합시다. 식당에서 여자 친구와 아버지가 기다려서 말이죠. 전 특전사 출신이자 전 경영일보 김하나 기자님?"

위이잉—

반쯤 열려 있던 창문이 완전히 내려갔다.

운전석 문에 올리고 있던 손을 치우자 김하나가 문을 열었다.

덜컥—

"……확실히 보통 사람이 아니네요. 한정훈 사법 연수원 수석 졸업생님."

"뭐, 그래도 이렇게 누가 뒤를 밟을 정도로 대단한 사람은 아닌 것 같은데. 뭡니까?"

스윽—

김하나가 쓰고 있던 야구 모자를 벗었다.

긴 생머리가 어깨를 타고 허리까지 내려왔다.

'특전사 출신이라고 해서 우락부락할 줄 알았는데, 꽤 미인이잖아?'

모자를 벗은 김하나는 연예인이라고 할 정도는 아니었지만, 일반인 치고는 상당한 미인이었다.

뚜렷한 이목구비에 짙은 눈썹, 도톰한 입술에 작은 얼굴.

특히 매력적인 구릿빛 피부는 한눈에 보기에도 매력적이었다.

"그래서 왜 내 뒤를 미행한 겁니까?"

"이거 때문이에요."

김하나가 주머니에서 명함 한 장을 꺼내 내밀었다.

[한빛 일보 안필주]

이름은 알지 못하지만, 분명 내가 설립한 한빛 일보의 로고가 새겨진 기자의 명함이었다.

"흐음."

"2년 사이 갑자기 등장한 신문사. 처음에는 그저 흔해 빠진 신생 인터넷 신문사인 줄 알았어요. 그런데 지켜보니까 그게 아니더라고요. 불과 몇 명이 활동하던 신문사였지만, 지금은 수십 명의 기자가 소속되어 있죠. 분명, 이렇다 할 수익 구조가 없는데도 말이죠. 최소한 그 사람들 월급이라도 주려면 써내는 기사에 광고라도 한 줄 실려야 할 텐데, 전혀 그런 게 없어요. 이상하지 않나요?"

"뭐, 이 사회의 정의를 바로잡기 위한 무료 봉사 그런 거 아닐까요? 사리사욕을 채우지 않고 외부의 압력에 굴복하지 않으며, 공정성 있는 보도를 하는 게 기자들의 의무 아닙니까? 전직 기자 출신이시니, 잘 아실 것 같은데요."

"아니요. 그런 달달한 게 이 사회에 남아 있을 리가 없잖아요. 제 추측은 이래요. 그 신문사에 확실한 자금줄이 있는 거죠. 수익을 내지 않아도 그렇게 운영할 수 있는 확실한 뒷배요."

김하나의 얘기에 고개를 끄덕였다.

"뭐, 그럴 수도 있겠네요. 그런데 그런 얘기를 왜 나한테 하는 겁니까?"

"이걸 한번 보실래요?"

운전석으로 몸을 숙인 김하나가 조수석에 있던 봉투를 꺼냈다.

"뭡니까?"

"한번 꺼내서 봐 보세요."

봉투를 열어 안을 확인하니, 그 안에는 다수의 사진이 들어 있었다.

사진을 살피는 사이 김하나가 말을 이었다.

"……3개월 동안 한빛 일보 근처에서 잠복하며 찍은 사진이에요. 지금 보시는 사진은 전 애국일보 기자이자 한빛일보의 창립 멤버이기도 한 차태현 국장이죠. 처음만 해도 이 사람이 애국일보를 나와서 마음 맞는 사람과 새롭게 차린 신문사인가 했어요. 하지만 계속 살펴보니, 그건 아닌 것 같더라고요."

"……."

"그 다음 사진을 보면 알겠지만, 내부에 보이는 컴퓨터와 의자며 사진기들. 하나같이 시중에 풀린 최고 사양입니다. 거기 보이는 것만 해도 어지간한 기자 연봉보다 높은데, 투자자가 없이 이런 것들을 들여놨을 리가 없죠."

솔직히 이번에는 당황했다.

설마하니, 이런 사진까지 준비하고서 날 미행했을 줄은 생각하지 못했다.

'대체 어디서 찍은 거야? 맞은편 건물 옥상인가?'

사진의 구도를 보면, 건물 근처에서 숨어서 찍은 사진들이 아니었다.

대부분의 사진이 위에서 아래로 찍혔기 때문이다.

김하나가 입가에 미소를 지으며 말했다.

"마지막으로 그 뒤의 사진들은 1주일이나 2주일을 주기로 차태현 국장과 만나던 젊은 남자를 찍은 거예요. 그 사람이 누군지는 제가 말하지 않아도 아시겠죠? 한빛 일보 한정훈 대표님."

"이것 참."

그녀의 말대로 차태현과 만나고 있는 젊은 남자는 다름 아닌 나였다.

얼굴이 정면으로 찍혀 있어서 아니라고 부인하기도 애매한 상황이었다.

"뭐, 좋습니다. 일단 이 남자가 나라고 치죠. 그래서 3개월 동안 잠복해서 이 사진을 찍고 절 찾아온 이유가 뭡니까?"

"한빛 일보에 입사하고 싶습니다."

"네?"

지금 이 순간 누군가가 내 표정을 카메라로 담았다면, 참 바보 같은 얼굴이 나왔을 것이다.

그만큼 김하나의 대답은 전혀 생각지 못한 종류의 것이었다.

"……저기 제가 잘은 모르지만, 요새는 취업하고 싶은 회사의 대표를 미행하는 게 유행입니까? 아니면, 지금 이런 행동도 일종의 로비? 회사에 들어가고 싶으면, 정당한 절차를 밟는 게 좋을 텐데요."

"그, 그건 나도 알고 있어요! 하지만 한빛 일보는 2년 동안 단 한 번도 신입 공채를 한 적이 없다고요. 현재 활동 중인 기자들은 모두 다른 신문사에 다니다가 차태현 국장의 제안을 받고 입사한 사람뿐이고요."

"뭐, 그럼 어쩔 수 없는 거 아닐까요? 거기도 나름 이유가 있으니까 그런 방식을 취하는 것일 텐데요."

"……."

"김하나 씨. 미안하지만, 내가 가진 건 한빛 일보에 대한 경영권뿐입니다. 인사에 대한 건 전적으로 차태현 국장이 관장하고 있고요. 지금처럼 나한테 아무리 그래 봐야 소용 없다는 거죠. 그럼, 이만 실례하도록 하겠습니다."

슥─

일말의 호기심도 생기지 않았다면, 거짓말일 것이다.

무려 특전사, 그것도 대한민국 최고라는 대테러부대를 전역하고 사회부 기자로 활동하던 여성이다.

그런 여성이 미행 끝에 요구한 조건이 한빛 일보의 입사였다.

'그래도 이건 아니지.'

인사권 문제만큼은 처음 한빛 일보를 설립할 때부터 차태현에게 약속했던 부분이었다.

단순히 호기심을 해결하고자 약속을 어기는 상황을 만들고 싶지는 않았다.

저벅─ 저벅─

그렇게 김하나를 두고 식당을 향해 걸음을 옮길 때였다.

"……제 부모님은 KV 백화점 붕괴 사고 때 돌아가셨어요."

멈칫.

독백과도 같은 목소리.

전혀 예상하지 못했던 얘기가 김하나의 입에서 흘러나왔다.

"어릴 때부터 군인이 꿈이었던 저는 고등학교를 졸업하자마자 군대에 입대했어요. 이왕이면 우리나라 최고의 군인이 되겠다는 생각으로 특전사에 지원하게 됐죠. 힘들기도 했지만, 간혹 휴가를 나갈 때마다 절 자랑스럽게 여기는 부모님 덕분에 버틸 수 있었고 힘을 낼 수 있었어요. 그랬는데……."

스윽—

고개를 돌려보니, 입술을 질끈 깨물고 있는 김하나의 모습이 보였다.

"……휴가 나오는 제 겨울옷을 사 주시겠다고 백화점에 가셨다가 사고를 당하셨어요. 바보같이 제가 휴가 나올 때마다 얇은 옷만 입고 나왔거든요. 부모님은 그게 계속 마음에 걸리셨나 봐요. 제가…… 제가…… 옷만 잘 챙겨 입고 다녔어도…… 그날 부모님이 거기 가시는 일은 없었을 텐데……."

가슴 한편이 콕콕 쑤셔왔다.

"김하나 씨 잘못이 아닙니다."

끔찍했던 사고가 난 지 3년이 지났다.

늘 그랬듯 사고와 한 발짝 떨어져 있는 사람은 일상에 치이고 사람에 치여 그때의 사고를 기억 깊은 곳에 묻어 두기 마련이다.

하지만 사고를 당한 사람의 가족과 그 현장에 있던 사람들은 3년이란 시간이 지났음에도 마치 어제 일처럼 똑똑히 기억하고 있었다.

빠득—

"부모님께서 그렇게 사고로 돌아가셨는데, 군인인 제가 할 수 있는 것은 아무것도 없었어요. 정부에서는 사고의 진상을 반드시 밝히겠다고 약속했지만…… 그건 허울 좋은 말뿐이었죠. 바뀌는 건 아무것도 없었어요."

"……."

"주변에서 그러더라고요. 힘들겠지만, 잊으라고. 부모님 인생도 있지만, 제 인생도 있다고. 이제는 남은 저를 위해서 사는 게 하늘에 계신 부모님께 효도하는 거라고요. 웃기지 않아요? 죽은 사람을 위해서 잘 사는 게 효도라니……."

김하나의 아픔이 전해져 오며, 당시의 기억들이 선명하게 떠오른다.

자식을 구하기 위해 천장에서 떨어지는 돌덩이를 대신 몸으로 막은 아버지, 반대로 부모를 감싸다가 콘크리트에 깔려 대신 죽은 자식.

서로가 서로를 살리기 위해 죽어 가던 아비규환의 현장.

그들 모두 그날 백화점을 찾은 이유는 사소했다.

그리고 그 사소한 이유 때문에 끔찍한 사고를 당해야만 했다.

"하지만 전 그럴 수 없었어요. 빛도 한 점 들어오지 않는 시멘트 더미에서 돌아가신 부모님…… 우리 부모님을 그렇게 사고로 돌아가시게 만든 사람이 누구인지 반드시 찾고 싶었어요. 그래서 군대를 전역하고 기자가 됐답니다. 경찰이 될까도 고민했지만, 상대는 거대 기업이니까…… 언론의 힘을 빌리지 않으면 이길 수 없다고 생각했거든요."

현명한 선택이었다.

고작 말단 계급의 경찰이 되어 봤자 대기업을 상대로 덤비는 건 바위에 계란을 던지는 격이다.

그렇다고 뒤늦게 법을 공부해서 검사가 되겠다는 것 또한 비현실적이다.

단지 노력만으로 극복할 수 있다면, 세상이 지금보다는 덜 힘들었을 것이다.

말을 잇던 김하나의 얼굴에 씁쓸한 미소가 떠올랐다.

"그런데 기자도 별것 없더라고요. 아무리 그쪽을 파고 또 파서 기사를 내려고 해도 위에서는 절대 허락을 안 해 줘요. 대기업 건들면, 광고 안 들어온다고. 그딴 기사 쓸 시간 있으면, 연예인 사생짓이라도 해서 사람들이 관심 있어 할 만한 기사를 가져오라고. 백화점 붕괴 사고 같은 건…… 이제 아무도 신경 쓰지 않는 그런 사고라고요."

김하나의 유일한 희망, 기자가 되어서 사고의 진실을 밝히겠다는 목표 끝에 찾아온 것은 좌절이었던 것이다.

그때의 상실감은 말로 설명할 수 없으리라.

스윽—

김하나가 눈가에 고이기 시작했던 눈물을 손등으로 닦아 냈다.

그리고는 나를 똑바로 바라보며 입을 열었다.

"그러다가 보게 됐어요. 한빛 일보에서 KV 그룹의 비리를 비롯한 각종 사건부터 시작해서 KV 백화점 붕괴 사고는 물론 이제는 시간이 지나 잊힌 사건들, 그리고 그 사건들의 피해자가 현재 어떤 식으로 지내고 있고 정부와 각 기관이 어떻게 대처했는지를 중점적으로 보도하고 있다는 사실을요. 한빛 일보는 세상이 불편하게 여기는 기사, 하지만 꼭 알아야 하는 기사를 끊임없이 내보내고 있더군요."

이제야 김하나가 왜 한빛 일보 주변을 3개월 동안이나 어슬렁거렸는지 알 것 같았다.

"그래서 한빛 일보 주변을 어슬렁거리다 내 사진도 찍은 겁니까?"

김하나가 고개를 끄덕였다.

"맞아요. 처음에는 대체 무슨 배짱인가 싶었어요. 일부러 악의적인 기사를 써서 대기업한테 돈이라도 뜯어내려는 건가 싶었죠. 그렇잖아요. 신문사가 신문 팔아서 얻는 수입이 얼마나 되겠어요? 대부분은 광고로 먹고 사는 건데. 근데 신기하게 한빛 일보 신문은 아무리 찾아봐도 그런 광고가 없더라고요. 그래서 궁금했고 알아보고 싶었어요. 이 사람들은 대체 뭘까? 뭘 위해 이러는 걸까? 그렇게 조사를 하다가 3개월이 지나서 알았어요. 이 사람들은 진짜구나."

"진짜?"

"이 세상과 제대로 한판 붙을 준비가 된 기자들. 그런 기자들이 있는 신문사."

짝! 짝!

박수가 절로 나왔다.

김하나의 말이 맞다.

내가 한빛 일보를 만든 이유.

그 이유가 바로 지금의 김하나가 말하고 있는 이유를 위해서였다.

"휘유~ 차태현 국장님이 들었으면, 아주 좋았을 텐데. 아마 바로 이 자리에서 '합격!'이라고 했을지도 모릅니다. 하지만 아까도 말했듯이 전 인사권에는 대해서는 아무런 권한이 없습니다."

"……."

"그럼, 이만."

몸을 돌려 식당으로 다시 걸음을 옮겼다.

'안타깝긴 하지만, 한 번 원칙을 깨면 계속 깰 수밖에 없으니까.'

이 사람 저 사람 사정을 모두 들어주면서 일을 진행하다가는 내가 원하는 것을 이루기 위해서 얼마나 많은 시간이 걸릴지 알 수가 없다.

그렇기 때문에 때로는 단호하고 냉정해질 필요가 있다.

"언론이 진실을 보도하면, 국민들은 빛 속에서 살 것이고! 언론이 권력의 시녀로 전락하면, 국민들은 어둠 속에서 살 것이다!"

슬프다 못해 비통한 목소리.

작고하신 김수환 추기경이 남긴 말이었다.

애써 한 걸음을 옮기려고 하자 다시 김하나의 목소리가 뒤에서 들려왔다.

"저는…… 저뿐만 아니라 세상에는 아직 그날의 아픔을 잊지 못한 사람이 많아요! 저는 그 사람들을 위해 일할 수 있는 사람이 되고 싶다고요!"

"후우. 진짜 곤란하네."

분명 머리로는 그게 맞는 것이라고 생각을 하고 있다.

그런데 왜 도무지 발걸음이 떨어지지 않는 걸까?

"……대표직을 넘기지 않은 게 후회가 될 줄은 몰랐네."

벅- 벅-

머리를 소리가 나도록 긁적거리다가 이내 휴대폰을 꺼내 번호를 눌렀다.

몇 번의 신호음이 가기도 전에 익숙한 목소리가 흘러나왔다.

[대표님, 차태현입니다. 저녁에 뵙기로 했는데, 어쩐 일이십니까?]

"국장님. 갑자기 이런 말씀을 드려 죄송하지만, 혹시

공개채용 한 번 진행하실 생각 없으십니까?"

[네? 아니, 갑자기 그게 무슨 소리십니까? 음, 혹시 누구 추천하실 분이라도 계신 겁니까? 그런 거라면 제게 따로 연락처를 알려 주시면, 자리를 마련해 보겠습니다.]

수십 년 동안 기자 밥을 먹어온 사람이었다.

차태현은 내가 말하고자 하는 의미를 단번에 알아들었다.

하지만 그런 식으로 김하나에게 기회를 주고 싶지는 않았다.

무슨 자리가 됐든, 내가 추천을 하는 순간 차태현이 기회를 줄 것은 자명했기 때문이다.

"아닙니다. 그렇게 되면 부정청탁이 되는 셈이니까요. 그럼, 한빛 일보에서는 공개 채용할 계획이 없는 건가요?"

[그건 아닙니다. 그렇지 않아도 이번 달 말에 인턴들을 몇몇 채용할 생각은 하고 있었습니다. 현재 한빛 일보에 몸담고 있는 사람들 대부분이 경력직이라서, 아무래도 길게 내다보면 신규 인력들이 필요한 부분이 있어서 말이죠.]

"인턴이라……."

정부에서는 해마다 청년실업률을 조금이라도 낮추기 위해 다양한 정책을 쏟아 내고 있지만, 갈수록 악화되는 경기에 따라 실업률은 매년 최고치를 달리고 있었다.

그로 인해 요즘 같은 취업 전쟁의 시기에는 경력직임에도 불구하고 인턴부터 다시 시작하는 경우 역시 비일비재했다.

"알겠습니다. 자세한 얘기는 저녁에 만나서 다시 하도록 하겠습니다. 이따 그 장소에서 뵙도록 하죠."

[네, 알겠습니다.]

차태현과의 전화 통화를 끝내고 몸을 돌려 김하나를 쳐다봤다.

김하나는 조마조마한 심정으로 나를 바라보고 있었다.

"확인을 해 보니, 이번 달 말에 인턴 채용 공고가 있을 거라고 하더군요."

"네?"

"인턴은 별로입니까?"

김하나가 고개를 재빨리 흔들었다.

"아, 아니에요. 그런 게 아니라……."

"김하나 씨가 처한 상황과 결심은 잘 알겠지만, 난 아직 김하나 씨가 어떤 사람인지 잘 알지 못합니다. 우선은 실력을 보이세요. 그때 오늘 하지 못한 얘기를 다시 나누도록 하죠."

잠시 나를 쳐다보던 그녀가 천천히 고개를 끄덕였다.

"……무슨 말씀이신지 알겠어요. 오늘 일은 정말 죄송했어요. 그리고 기회를 주셔서 다시 한 번 감사합니다."

스윽.

김하나가 허리를 90도로 숙여 내게 인사를 했다.

'세상에 절실한 사람은 많아. 하지만 그 절실함을 이루는 사람은 극히 일부분이지. 세상은 그만큼 잔혹하니까.'

그녀가 무슨 생각과 결심으로 나를 미행하고 이 자리에 왔는지 모르는 것은 아니다.

하지만 그것만 가지고 그녀가 기자로서 합당한 자격을 가지고 있는지를 판단할 수는 없다.

그 자격은 지금의 내가 아닌, 보다 확실한 전문가가 평가할 것이다.

내가 도와줄 수 있는 건 그녀에게 그저 작은 기회라도 만들어 주는 것뿐이다.

"아! 김하나 씨. 혹시 한빛 일보에 정식으로 입사해 한 명의 어엿한 기자가 되신다면, 제가 밥 한 번 사도록 하겠습니다. 마음속 깊은 곳에 있는 얘기는 그때 좀 더 자세히 듣도록 하죠. 그럼, 이제 정말 작별입니다."

부산 부산항 인근, 엘 타워.

최근 완공된 엘 타워는 지상 100층 높이 450m의 초고층 복합 건물로, 뒤쪽으로는 부산항이 내려다보이며 앞으로는 부산 시내를 한눈에 바라볼 수 있었다.

그런 이유로 엘 타워는 완공됨과 동시에 부산 타워를 제치고 순식간에 젊은이들의 핫플레이스로 떠올랐다.

또한, 부산을 찾는 외국인들이 반드시 꼭 들러야 할 장소 1위로 선정되며 부산의 관광객 유치에도 한몫을 했다.

그러나 엘 타워는 일반인들에게 잘 알려지지 않은 비밀이 한 가지 있었다.

부산 최고 높이의 타워임에도 불구하고 실질적인 소유주가 한국인이 아니라는 점이었다.

부아앙!

저 멀리 부산항에서 들려오는 뱃고동 소리에, 엘 타워 100층의 엘 레스토랑에서 식사를 하던 사람들이 시선을 창밖으로 돌렸다.

그리고 그건 엘 레스토랑의 숨겨진 층.

101층에 있는 VVIP룸에서 식사를 하던 사람들 또한 마찬가지였다.

통 유리 너머로 잠시 부산항을 바라보던 미나코가 앞에 놓인 냅킨으로 입술을 닦으며 말했다.

"확실히 이곳은 언제 와도 운치가 좋네요. 음식도 아주 훌륭하고요."

"네, 그 때문인지 국내 기업 총수들이 배를 많이 아파합니다. 특히 KV 그룹은 더 그렇죠. 듣기로는 건설사 사장은 물론 임원진 상당수가 이 일로 옷을 벗었다고 하던데, 알고 계십니까?"

"제가 굳이 알아야 하나요?"

"아닙니다. 어차피 지나간 일이니까요."

맞은편에 앉은 사내가 스테이크를 썰며 무뚝뚝한 목소리로 중얼거렸다.

그는 다름 아닌 손태진이었다.

"어쩐지 말에 가시가 느껴지는군요. 마치 일본의 기업인 동경 그룹, 그곳에 소속된 제가 이 엘 타워의 소유자라는 것에 대해서 불만이 있는 것처럼 느껴집니다."

미나코의 입에서 놀라운 얘기가 흘러나왔다.

그녀의 말에 따르면, 엘 타워의 실질적인 소유주가 일본 재계의 거두로 손꼽히는 동경 그룹이라는 소리였다.

물론 외국인이라고 해서 국내의 건물이나 부동산을 소유하지 말라는 법은 없었다.

예를 들자면, 제주도 같은 경우에는 이미 토지의 상당수가 중국 자본에 잠식된 상태였다.

평당 천만 원을 호가하는 땅을 1억을 주고 구입하겠다고 하니, 팔지 않을 사람이 누가 있겠는가?

하지만 한 도시를 대표하는 건축물이라면, 얘기는 조금 달라진다.

사실상 국민 정서에도 문제가 될 수 있기 때문이었다.

그렇기 때문에 외국계 기업이 국내에 건물을 올리려고 하면, 새로 짓기보다는 기존의 건물을 매매해서 사용하는 경우가 일반적이었다.

그런데도 동경 그룹이 부산에 엘 타워를 건설할 수 있었 던 것은 바로 KV 그룹 때문이었다.

초기 부산에 엘 타워 건설을 허가받은 것은 KV 그룹이 었다.

그러던 것이 건설 막바지에 KV 그룹과 동경 그룹과의 거래가 진행되며, 그 모든 권리가 동경 그룹으로 넘어간 것 이다.

그리고 그 중심에는 바로 국회의원인 손태진이 있었다.

"오해이십니다. 만약 그랬다면, 제가 적극적으로 나서서 미나코 상을 도왔을 리가 없었죠. 전 동경 그룹, 그리고 미 나코 상이 이 엘 타워의 주인이 된 걸 진심으로 기뻐하고 있습니다."

"정말인가요?"

"음, 솔직히 말씀드리면, 전 이런 빌딩을 누가 가지든 상 관없습니다. 그저 그 주인이 제게 도움이 되는 사람이면 만 족합니다. 당시에는 KV 그룹보다는 동경 그룹과 손을 잡 는 게 제게 더 이득이라고 생각했을 뿐이고요."

담담한 손태진의 대답에 미나코가 작게 웃었다.

"……2년 전에 제주도에서 처음 만났을 때는 이런 분인 줄은 상상도 못했는데. 저희 오빠 친구들은 항상 그저 그런 남자들뿐이었거든요. 그런데 당신은 조금 다르네요."

"칭찬은 감사하지만, 마쓰바시가 들으면 상당히 서운하겠군요."

"뭐, 사실이니까요. 그보다 이제 식사가 어느 정도 끝난 것 같은데, 본론으로 들어가 보도록 할까요?"

손태진이 고개를 끄덕이고는 옆에 놓인 서류를 미나코에게 건넸다.

"부탁하셨던, 다음 차기 대권에 가장 가까운 야당의 서동엽 후보와 관련된 자료들입니다. 그를 따르는 사람들에 대한 자료도 포함되어 있습니다."

대통령이란 자리는 나라를 대표하는 위치인 만큼, 정권이 교체되는 시기가 다가오면 국내는 물론 국외도 그 행보에 촉각을 곤두세운다.

다음 대권 주자의 성향에 따라서 정치, 경제, 사회는 물론 외교 관계가 엮인 사업까지 앞으로의 행방이 달라질 수 있기 때문이었다.

"고마워요. 그럼, 이번 대통령은 이제 5개월 정도 남았겠군요."

"네, 아마 정권 교체를 앞두고 막바지 세탁 작업 때문에 정신없을 겁니다."

"손 상의 아버님께서는 대선에는 관심 없다고 하시던가요?

만약 관심 있으시면, 저는 물론 저희 동경 그룹이 적극적으로 도와 드릴 의향이 있습니다만."

6선의 국회의원. 흔들리지 않는 정계의 호랑이, 그가 원할 경우 언제든 대통령과 독대할 수 있다고 알려진 사람이 바로 손태진의 아버지인 손진석이었다.

그리고 그가 그 자리에 오를 수 있던 이유는 처세는 물론이고 스스로에 대해 정확하게 판단하고 있기 때문이었다.

"호의는 감사하지만, 대선에 출마하기에는 저희 아버지께서 적이 너무 많으셔서 말이죠. 말년에 사람들 구설수에 오르고 싶지는 않다고 합니다. 지금으로도 충분하시다는 거겠죠."

손태진의 대답에 미나코가 이해한다는 듯 고개를 끄덕였다.

"하긴 그렇겠네요. 게다가 굳이 대통령의 자리에 오르지 않더라도 그만한 권력과 힘을 가지고 있으시니, 큰 미련이 있을 리가 없으시겠죠. 저희 일본에도 그런 분이 있거든요."

"그보다 아까 그 지원 말입니다. 저희 아버지 말고 저는 어떠십니까?"

"……?"

고개를 갸웃거리는 미나코를 향해 손태진이 씩 웃었다.

"이 나라의 대통령 말입니다."

"……대통령을 거론하기에는 아직 너무 젊으신 거 아닌 가요? 게다가 이제 국회의원 초선이신데. 꿈이 너무 크시 네요."

손태진이 크게 웃음을 터트렸다.

"하하! 그런가요? 하지만 현 대통령인 김주훈 대통령도 저와 고작 5살 차이입니다. 세계적으로도 국가 지도자의 연령은 계속 낮아지고 있는 추세고요. 능력이 있다면, 나이 는 아무런 문제가 없다는 걸 지금의 세상이 받아들이고 있 다는 증거 아니겠습니까?"

"……그 얘기는 나중에 다시 하도록 하죠. 어찌 됐든 아 직은 시기상조이니까요. 참, 혹시 일전에 부탁드린 건 어떻 게 됐는지 알 수 있을까요?"

"부탁이요?"

"잊으신 겁니까?"

미나코의 눈썹이 꿈틀거렸다.

손태진이 어깨를 으쓱거리고는 고개를 가볍게 흔들었다.

"다른 사람도 아닌 미나코 상의 부탁인데 그럴 리가 있 겠습니까? 가벼운 장난이었습니다. 그렇지 않아도 사람을 시켜 전국 골동품상을 둘러보라고 일렀습니다. 그런데 솔 직히 아직까지도 믿기지 않는군요."

슥―

호주머니에 손을 집어넣은 손태진이 손바닥보다 작은 하얀 구슬을 꺼냈다.

"영력을 지닌 물건이란 게 실제 있는 겁니까? 아무리 생각해도 요즘 같은 세상에 그런 물건이……."

미나코의 검은 눈썹이 좀 전보다 더욱 크게 꿈틀거렸다.

"지금 손 상은 제 말을 거짓이라고 생각하는 겁니까?"

"아! 오해하지 마세요. 그런 뜻으로 말한 게 아니었습니다. 만약 그랬다면, 제가 미나코 상이 준 물건을 이렇게 가지고 다니겠습니까? 지금도 오래된 물건을 보면, 한 번씩이 구슬을 가져다 대고는 합니다. 혹시 구슬이 붉은색으로 변하지 않을까 해서요. 하지만 안타깝게도 아직까지는 그런 경험을 해 보지 못했네요."

손태진이 손에 들고 있던 구슬을 갈무리해서 다시 호주머니에 집어넣었다.

그 모습에 미나코가 굳어 있는 얼굴을 풀며 말했다.

"고맙습니다. 그럼, 얘기는 얼추 끝난 것 같으니 오늘 만남은 여기까지 하도록 하죠."

"벌써 가시려고요? 시간이 좀 이르지만, 와인 한 잔 어떠십니까? 이곳에서 보는 야경도 아주 멋집니다. 원하신다면, 불꽃……."

"다음에 보도록 하죠. 그럼."

드르륵—

손태진의 제안을 거절하고 자리에서 일어난 미나코는 망설임 없이 VVIP룸을 걸어 나갔다.

"언제까지 그렇게 도도한 척을 할 수 있을까?"

그 모습을 물끄러미 바라보던 손태진이 휴대폰을 꺼내 통화 버튼을 눌렀다.

"그래, 나다. 구슬에 대해서 알아보라고 했던 건? 아직? 단서조차 잡지 못했다고? 멍청한 놈들! 돈은 얼마가 들어도 상관없으니까 최대한 빨리 알아내. 그래, 뭐라도 알아내면, 바로 연락하고. 시간이 별로 없다는 거 명심해라."

또각- 또각-

미나코가 레스토랑을 걸어 나가자 문 앞에 대기하고 있던 건장한 체구의 사내가 곧장 그녀의 뒤로 따라붙었다.

자연스럽게 손태진에게 받은 서류를 사내에게 건네며 미나코가 말했다.

"진, 비행기를 준비해. 곧장 일본으로 돌아간다."

"알겠습니다. 그런데 아가씨, 한국에 있는 정보원들의 얘기에 의하면 손태진이 사람을 시켜 구슬에 대해 알아보고 있는 것 같은데, 이대로 놓아둬도 괜찮겠습니까?"

미나코가 피식 웃음을 흘렸다.

"그래? 쓸데없는 짓을 하기는. 상관없어. 어차피 일반 사람은 그 구슬을 절대 알아볼 수 없거든. 그런데도 만약 손태진이 그 구슬에 대한 정보를 알아낸다면, 그가 우리가 찾고 있는 사람에 대해 단서를 잡은 거니까 우리 쪽에서는 오히려 잘된 일이야."

"그렇군요. 그럼, 일단은 계속 지켜보도록 하겠습니다."

고개를 꾸벅 숙이는 진을 뒤로하고 미나코가 슬쩍 고개를 돌려 방금 걸어 나온 엘 레스토랑을 쳐다봤다.

"손태진, 당신은 제법 뛰어난 사람이지만 거기까지야. 한 사람의 인생으로 이쪽에서만 사는 당신은 아무리 발버둥 쳐도 우리에게 닿을 수 없어. 그러니 꿈을 꿀 수 있을 때 열심히 꾸라고."

Chapter 120. 욕망

인천 차이나타운.

왁자지껄한 입구를 지나 안쪽으로 깊숙이 들어가면, 관광객들이 뜸한 장소에 등 하나만 걸어 놓고 영업을 하는 곳들이 있다.

이곳은 주로 관광객이 아닌 해외에서 넘어온 외국인들, 그중에서도 조선족들이 즐겨 찾는 곳이다.

신기하게도 차태현은 쉬는 날이면 늘 이런 곳을 찾아 식사를 한다고 했다.

본인의 말을 빌리자면, 어둡고 숨겨져 있는 곳일수록 세상에 숨겨진 더러운 얘기를 더 잘 들을 수 있다고 해야 하나?

일견 듣기에는 어느 정도 일리가 있는 말이기도 했다.

하지만 아무리 그렇다 한들 싸움이라고는 1도 모르는 그가 온몸에 문신을 하고 상처가 있는 외국인들이 들락날락거리는 곳에서 태연자작하게 술과 음식을 먹는 것을 보면, 이 사람도 참 배짱 하나는 알아줘야 했다.

차악- 착-

홀의 와자지껄한 소리와 더불어 주방에서 힘차게 웍이 돌아가는 소리가 들려왔다.

조르르-

앞에 놓인 잔에 가득 고량주를 따른 차태현이 입가 가득 미소를 지으며 말했다.

"대표님, 한잔하시죠."

"독주 좋아하시는 건 여전하시네요."

"험험. 이거 누가 들으면, 제가 술도 못 드시는 분한테 권하는 줄 알겠습니다. 짝으로 드셔도 멀쩡한 분이 그런 말씀하시면 곤란합니다."

차태현의 볼멘소리에 그저 웃으며 말없이 잔을 들어 올렸다.

한빛 일보를 창설하고 이곳에서 차태현과 잔을 기울이던 첫날, 이곳 사장은 어눌한 한국어로 놀랍다는 말을 수없이 내뱉었다.

그날만큼은 내가 술인지 술이 나인지를 알 수 없을 만큼

마셨다.

그리고 다음날 둘이 함께 사우나를 갔는데, 어째서 어른들이 남자는 술을 마시고 사우나를 가면 친구가 된다는 말을 했는지 알 것 같았다.

회사를 창설하고도 조금은 남아 있던 어색함이 그날 이후로 완전히 사라졌기 때문이었다.

"네, 드시죠."

탱―

가볍게 잔을 마주치고 입안으로 내용물을 털어 넣자 순식간에 화한 기운이 목젖을 타고 내려갔다.

"크으."

가볍게 몸을 떨며, 감탄사를 토해 낸 차태현이 빈 잔에 다시금 술을 채웠다.

"저기 대표님, 그런데 낮에 그 전화는 뭡니까? 2년 동안 공채 같은 건 관심도 없으시지 않으셨습니까?"

"아, 그거요. 그게 그러니까…… 이거 자칫 부정청탁이될까 말하기가 곤란합니다. 선입견이 생길 수 있으니까요."

"하하! 걱정 마세요. 설령 대표님이 강력 추천을 해도 아니라고 생각되는 사람은 절대 뽑지 않습니다. 그게 저와 대표님이 처음 했던 약속이니까요. 그렇지 않습니까?"

"맞습니다. 그럼, 개의치 않고 편하게 말하도록 하겠습니다."

예전이었다면 굳이 차태현에게 이런 얘기까지는 하지 않았겠지만, 이제는 한배를 타고 가는 사이였다.

낮에 있던 김하나와 관련된 얘기를 해 주자 차태현이 고개를 끄덕였다.

"흐음. 그런 일이 있었군요. 대표님이 왜 그런 전화를 했는지도 이해가 됩니다. 부모님 때문에 군인의 꿈을 포기하고 기자가 되다니. 그나저나 그럴 거였다면, 좀 더 신중히 결정해야 했을 텐데. 하필 많고 많은 신문사 중에서 경영일보를 들어가서…… 쯧쯧. 애초에 첫 단추부터 잘못 끼운 셈입니다."

"경영일보가 왜요?"

"보수적인 걸 떠나서 거기 최대 광고주가 KV 그룹입니다. 그런 곳에서 광고주 살을 깎아 먹는 기사를 쓸 수 있을 리가 없죠. 모르긴 몰라도 그 친구 그곳에서 꽤나 고생했을 겁니다."

"아, 그래서 경영일보를 나왔군요."

"뭐, 경영일보가 아니라 다른 신문사를 갔어도 결과는 비슷했을 겁니다. 국내에서 대기업의 비위를 건드리면서 기사 쓸 수 있는 신문사는 거의 없는 게 현실이니까요. 아무튼 낮에 말씀드렸던 대로 이번 달 말에 신규 채용 공고는 내도록 하겠습니다. 본래는 인턴만 뽑을 생각이었는데, 오늘 오후에 회의를 진행해 보니 아예 공개 채용 형태로 가는 게 좋겠다고 하더군요."

"그래요?"

"네, 워낙 경기가 불황이라 지원자는 많을 것 같은데. 문제는 과연 쓸 만한 친구들이 얼마나 있을까 하는 거겠죠."

"잘 선별해서 뽑아주시기 바랍니다. 앞으로 한빛 일보가 해 줘야 할 일이 많습니다."

권력과 돈의 힘을 이길 수 있는 건 오로지 국민의 눈과 귀가 되어주는 언론뿐이다.

그렇기 때문에 지식인들은 언론이 권력과 돈의 노예가 되는 것을 늘 경계해 왔다.

서로가 서로를 경계하지 못하고 한통속이 되는 이상 그에 따른 고통과 피해는 고스란히 국민의 몫이었기 때문이다.

"하하! 걱정 마세요. 그런 거라도 잘해야 대표님을 볼 면목이 있지 않겠습니까? 실제로 저희가 까먹는 돈이 한두 푼이 아니니까요."

직원들의 월급을 줄 수 있다고 해서 회사 운영이 가능한 것은 아니다.

월급 이외에도 각종 세금과 운영비, 지원비, 기타 등등 회사를 운영하기 위해 들어가는 돈은 결코 적지 않다.

그런 면에서 볼 때, 2년 동안 한빛 일보를 운영하면서 들어간 돈은 수십억을 가뿐하게 넘었다.

하지만 그 돈이 아깝다는 생각은 단 한 번도 해 본 적이 없었다.

수십억이 아니라 수백억이 들더라도 난 이번 일을 진행했을 것이며, 한빛 일보는 내 기대에 어긋나지 않게 성장하고 있었다.

"참, 이번 연수원 수석 축하드립니다. 부임지는 정해지셨습니까?"

"서울중앙지검입니다."

"역시! 대단하십니다. 날고 기는 검사들도 들어가기 어렵다는 곳을 단번에 들어가시다니."

차태현이 엄지를 추켜세웠다.

"그냥 운이 좋았던 거죠."

"에이, 그게 어디 운으로만 되겠습니까? 실력이 있어야죠. 아무튼, 그럼 다음에 뵐 때는 호칭을 대표님이라고 해야 하는 겁니까? 아니면 검사님이라고 해야 하는 겁니까?"

"국장님 편하실 대로 하세요."

"하하! 알겠습니다. 자, 어서 한잔 더 하시죠."

탱—

그간 쌓아 놓았던 이런저런 얘기를 하며, 테이블 위 술병이 하나둘 넘어갈 때였다.

[……당신의 전화 한 통이 배고픔에 굶주린 우리 아이들을

도와줄 수 있습니다. 지금 바로 도움의 손길을 보내주세요.]

식당의 오래된 TV에서 나오는 광고를 바라보던 차태현이 물 잔에 물을 가득 따라 마시더니, 술 기운이 어느 정도 가신 목소리로 입을 열었다.

"……대표님, 그러고 보니 최근 이상한 소문이 하나 있습니다."

"소문이요?"

"네. 국내 기부 재단과 관련해서 특집 기사를 준비하는 후배에게 들은 얘기인데. 최근 희망 재단의 움직임이 심상치 않다고 하더군요."

"……희망 재단이요?"

손에 들고 있던 젓가락을 그대로 테이블 위에 올려놓으며 반문했다.

차태현이 내 눈치를 살피며, 조심스럽게 말을 이어나갔다.

"네, 절 처음 만났을 때 대표님께서 희망 재단 이사 명함을 주셨는데, 혹시나 해서 여쭈어보는 겁니다. 희망 재단에 무슨 일이 있습니까?"

"제가 희망 재단의 이사이기는 하지만, 그건 어디까지나 재단의 지분을 가지고 있기 때문입니다. 경영이나 운영에는 일절 관여하지 않고요. 그런데 희망 재단의 움직임이 심상치 않다는 건 대체 무슨 말입니까?"

"재단의 운영 자금이 다른 곳으로 흘러가고 있다는 소문입니다."

"……?"

"거기에 본래 재단의 지원 명단에 있던 사람들 또한 대폭 축소되었고. 그나마 지원을 받은 사람들조차도 예상 범위에 훨씬 못 미치는 도움을 받았다고 하더군요. 특히 어느 순간부터 KV 백화점 붕괴 사고의 유가족들 중 사회 빈곤층에게 지원되던 혜택 역시 대폭 감소했다고 합니다."

"그 말은 재단의 돈이 다른 곳으로 새고 있다는 뜻입니까?"

"아직은 확실하지 않습니다. 아무래도 갑자기 생긴 재단인 만큼 경영 관리에 따른 재정 악화가 그 원인인 것으로 추정됩니다."

차태현의 추측에 난 고개를 저었다.

초기 자금으로 투입된 돈이 무려 5천억이었다.

도움이 필요한 사람에게 1억씩 돌린다고 해도 5천 명을 도울 수 있는 큰돈이다.

그런데 불과 2년 만에 재정이 악화되었다?

속사정을 알고 있는 나로서는 믿을 수 없는 일이었다.

내 반응을 살피던 차태현이 조심스럽게 말을 이었다.

"……그게 아니라면, 세간에 도는 추측이 사실일 수도 있습니다. 희망 재단을 운영하는 D.K 그룹이 최근 KV 그룹과 기술 제휴 계약 파기로 인해 어려움을 겪고 있다고 합니다. 몇 년 안에 KV 그룹 쪽에서 적대적 M&A를 시도할지도 모른다는 얘기가 경제부 기자들을 통해 흘러나오고 있습니다."

D.K 그룹의 모회사인 스냅과 KV 그룹의 계열사인 KV 전자는 2년 전에 기술 제휴와 관련된 계약을 맺었다.

그러나 6개월 전 계약은 파기됐고 KV 전자는 D.K 그룹을 상대로 소송을 걸었다.

D.K 그룹에서 KV 전자에서 제공한 기술을 해외로 유출했다는 혐의였다.

당연히 D.K 그룹 쪽에서는 허위 사실이라고 반박했다.

그러나 실제로 KV 그룹 쪽에서 제공한 기술을 D.K 그룹 소속의 개발자가 미국 실리콘밸리의 IT 기업과 거래를 하려다가 적발되는 일이 벌어지며, 상황은 D.K 그룹에게 불리하게 돌아가고 있었다.

그 밖에도 그 개발자가 해당 기술을 다수의 기업에게 거액의 돈을 받고 팔았음을 자백했는데, 현재는 그와 관련된 조사가 이뤄지는 중이었다.

"KV 전자 쪽에서 청구한 배상금이 얼마입니까?"

"10억 달러. 한화로는 1조 원입니다."

아무리 D.K 그룹이 대기업이라고 해도 1조 원은 적지 않은 금액이었다.

"1조 원이라. 분명 적지 않은 금액이지만 D.K 그룹이라면, 감당할 수 있는 액수가 아닙니까?"

"그렇기는 해도 쉽지는 않을 겁니다. 2년 전 D.K 그룹의 안성우 회장이 경영 일선에서 물러난 뒤, 레이아 부사장이 회장에 올라 그룹을 진두지휘하면서 생각보다 주가가 많이 떨어졌습니다. 금방 따라잡을 것으로 평가하던 페이스 북과의 격차도 2년 전보다 더 벌어졌고요. 거기에 이번 소송에 휘말리면서 재정 상태가 상당히 불안해졌다는 평가가 있습니다. 투자자들의 불안 심리가 작용한 거겠죠. 아마 모르긴 몰라도, 소송에서 패한다면 꽤 힘든 시간을 보내야 할지도 모릅니다."

상장한 기업의 주가는 시장에 부는 찌라시에도 흔들리는 법이다.

기업의 입장에서 볼 때, 단 1주의 주식을 보유한 소액 투자자, 일명 개미들은 바람만 불어도 휩쓸리는 불나방과 같은 존재들이다.

그러나 그 숫자가 수백, 혹은 수천수만이 넘어가면 얘기가 달라진다.

그들을 노리는 거대한 맹수들이 늘 상주하고 있기 때문이었다.

맹수가 움직이면, 제아무리 탄탄한 구조를 지닌 기업도 몸을 사려야 한다.

"흐음. 일단 그쪽 상황을 좀 더 자세히 알아봐 주세요. 시장에 도는 소문이라도 좋습니다. 아! 특히 희망 재단에 대한 걸 중점적으로요."

"네? 아, 알겠습니다. 저희 쪽도 사람을 움직여서 한번 파보도록 하겠습니다."

차태현이 고개를 끄덕였고 난 그의 빈 잔에 술을 채워 줬다.

'……레이아, 부디 바보 같은 짓은 하고 있지 않았으면 좋겠는데.'

2년 전 그 일이 있고 나서, 나는 D.K 그룹을 떠났고 안성우 역시 차태현이 말한 것처럼 은퇴를 했다.

그런 상황에서 만약 레이아가 다른 꿍꿍이를 가지고 희망 재단을 이용했다면, 그에 대한 분노는 그녀가 고스란히 모두 받아야 할 것이다.

차태현과 만남이 있은 뒤 다음 날, 서울 도봉구에 있는 주택 단지로 향했다.

해당 주택 단지는 1년 전에 재개발 지역으로 선정이 되며,

대부분의 거주민들이 빠져나간 상태였다.

그로 인해 밤이 되면 사람의 그림자라고는 찾아보기 힘든 것은 물론 을씨년스러운 고양이 울음소리가 온 동네에 울려 퍼졌다.

끼이익-

주택 단지의 가장 안쪽의 2층 주택.

녹이 슨 문을 열고 안으로 들어서면, 밖과는 전혀 다른 풍경이 펼쳐진다.

동네에서 가장 명당으로 손꼽히는 이곳의 마당에는 푸른 잔디와 함께 수십 년은 되어 보이는 소나무가 자라고 있으며, 빛이 잘 들어오는 곳에는 파라솔과 더불어 선베드가 놓여 있었다.

그 앞으로는 편백나무로 만들어진 일본 전통 욕조인 히노끼탕이 자리했으며, 옆으로는 불씨가 남아 있는 바비큐 통과 온갖 술병이 굴러다니고 있었다.

"혼자서도 아주 잘살고 있네."

가볍게 혀를 차고 집으로 들어서는 문 앞으로 걸음을 옮겼다.

막 문고리를 향해 손을 뻗으려다가 이내 눈살을 찌푸렸다.

별로 좋지 않았던 이전의 기억이 떠올랐기 때문이었다.

스스-

시선을 집중하자, 자세히 보지 않으면 알 수 없는 푸른 전류가 문고리 주변으로 흐르고 있는 게 보였다.

만약 아무 생각 없이 문고리를 만졌다면, 순간적으로 쇼크가 찾아왔을 것이다.

"······그러고 보니 예전보다 카메라가 더 늘은 것 같은데?"

고개를 돌려 집 주변을 살피니, 담장과 나무 사이사이에 자리를 잡고 있는 감시 카메라들이 보였다.

모르는 사람이 본다면 아무렇게나 배치한 것이라 여길 수 있지만, 감시 카메라는 철저하게 사각지대를 메우고 있었다.

"어이, 케빈! 보고 있는 거 다 아니까 문 열어."

파스스-

덜컹!

문 밖에서 목소리를 높이는 순간 문고리 주변을 감싸던 푸른 전류가 사라지며, 문의 잠금장치가 해제되었다.

저벅- 저벅

주택의 안은 밖과 마찬가지로 꽤나 화려하게 꾸며져 있었다.

고가의 가구는 물론 최근 광고하기 시작한 최신 기기들이 즐비해 있었다.

그것들을 지나쳐 안쪽으로 걸음을 옮기자 앳된 목소리가

안쪽에서 흘러나왔다.

"보스! 나 지하실에 있어."

"그래, 알았다."

주택은 지상 2층과 지하 1층의 구조로 되어 있었다.

부엌의 옆길을 통해 지하실로 내려가자 가장 먼저 들린 것은 이제는 보지 않아도 알 수 있는 감자칩 소리였다.

바스락-

와그작- 와그작-

그 뒤로 예상되는 건 천만 원짜리 의자에 떡이 진 머리로 쭈그리고 앉아 모니터를 바라보며 감자칩을 먹고 있는 남자의 모습이다.

"후우, 어떻게 예상이 빗나가질 않네."

"보스, 왔어? 감자칩 먹을래?"

헐렁하기 짝이 없는 티셔츠와 잠옷 바지.

떡이 진 검은 머리카락과 눈곱이 잔뜩 긴 푸른 눈.

개기름이 번질거리는 얼굴과 하얗다 못해 창백한 피부.

그럼에도 꾸미기만 하면 어지간한 연예인은 압살한 것 같은 모습을 지닌 이 남자의 이름은 케빈이다.

국적은 미국인이며, 올해 나이는 21살인 그의 직업은 해커였다.

바스락-

와그작- 와그작-

"냠냠. 그런데 보스, 여기까지는 무슨 일이야? 혹시 어제 보낸 정보가 잘못되기라도 한 거야?"

"아니. 정보는 정확했어. 그보다 대체 과자를 얼마나 먹은 거야? 단내가 지하실에 아주 진동을 하네."

케빈의 의자 아래에는 과자 봉지가 작은 산이라고 불러도 될 정도로 쌓여 있었다.

지적을 받은 케빈이 입술을 쭉 내밀며 중얼거렸다.

"얼마 안 먹었거든! 설마 보스, 내 과자값이 아까워서 찾아온 거야? 그렇다면 실망이야. 내 보스가 고작 과자값 때문에……."

"과자값 때문에 찾아온 건 아니야. 그래, 그 때문은 아니야."

잊고 있었는데, 막상 들으니 떠올랐다.

한 달 동안 족히 천만 원에 이르는 금액이 마트에서 주문하는 과자값으로 나가고 있다.

한편으로는 사람이 과자를 그렇게까지 먹을 수 있다는 게 놀랍기도 하지만, 어찌 됐든 오늘 케빈을 찾은 이유는 과자값 때문은 아니었다.

드르륵.

옆에 놓여 있던 간이 의자를 끌고 와서 자리에 앉았다.

"조사를 좀 해 줘야 할 게 있어."

"조사? 그런 것쯤은 전화로 해도 될 텐데."

"혹시라도 위험할 수도 있을 것 같아서. 그리고 전화로는 설명하기 어려운 것도 있고."

케빈이 눈을 깜박거린다.

그리고는 내 얼굴을 쳐다보다가 이내 웃음을 터트렸다.

"푸웃…… 푸하하! 보스! 지금 그거 나한테 하는 소리야? 혹시 내가 한국의 경찰에게 걸리기라도 할 것 같아서? ME? 이 케빈이?"

"물론 네 실력을 의심하는 건 아니야. 애초에 그랬다면, 내가 굳이 널 찾아서 네가 원하는 것처럼 이런 환경을 제공하지는 않았을 테니까."

"뭐, 그건 그렇겠지."

케빈을 찾은 것은 순전히 우연이라고 할 수 있었다.

정착자이며, CIA 출신이었던 제임 월스.

그에게는 전 세계 어디서라도 CIA 데이터베이스에 접속할 수 있는 ID와 패스워드가 있었다.

그 안에는 각 등급에 따라서 열람할 수 있는 다수의 기밀 정보들이 가득했는데, 그중에는 잠재적 위험을 지니고 있기 때문에 필히 주의해야 할 인물들에 대한 리스트 역시 포함되어 있었다.

리스트의 인물들은 CIA가 실시간으로 감시하지는 않지만, 해당 국가에서 사고가 터질 경우 우선적으로 그들의 행방 및 알리바이를 파악하게 되어 있었다.

한국인 어머니와 미국인 아버지 밑에서 태어난 케빈은 바로 그런 요주의 인물 중 한 사람이었다.

　그 이유는 그가 무려 13살의 나이로 음지의 해커 대회라고 불리는 D에서 우승을 차지한 인물이었기 때문이다.

　D는 일정 주기를 두고 열리는 데프콘, 해커 컵과 같은 국제 공식 해킹 대회와는 궤를 달리했다.

　기본적으로 데프콘과 같은 양지의 해킹 대회는 대진표가 존재하며, 자신이 속한 팀의 시스템을 방어하면서 상대팀을 공격해서 상대팀이 보유한 시스템을 보다 많이 해킹하는 쪽이 승리하게 되는 구조다.

　그러나 D 같은 경우에는 일정 주기가 존재하지 않는다.

　마치 귀신처럼 세계 각국의 이름난 해커들에게 대회의 시작 날짜가 적힌 초청장이 발부된다.

　또한, 대회의 대상이자 목표가 되는 곳은 세계의 공신력 있는 기관들이다.

　예를 들면 미국 백악관, 한국의 청와대는 물론 구글이나 애플과 같은 세계적인 기업, 또는 FBI나 CIA, SAS 등 군사 조직에 각각의 알파벳을 숨겨 놓고 그것들을 정해진 시간 내에 가장 먼저 찾아내서 조합하는 해커가 승리를 하는 구조였다.

　다시 말해 이 대회에서 승리를 하기 위해서는 범죄에 발을 들여놓지 않는 이상 불가능했다.

그럼에도 각국에서 날고 기는 해커들은 이 대회가 열리기만을 손꼽아 기다리고 있었다.

대회가 끝나면, 각 성적에 따라 순위가 공개되는데 그들에게 있어서 그 자체가 자신의 실력을 만천하에 알리는 훈장과도 같았기 때문이다.

바로 이런 대회에서 불과 13살이란 나이로 1위를 차지한 천재해커가 케빈이었다.

'겉모습만 보면 그냥 과자에 미친 꼬맹이인데 말이야.'

물끄러미 자신을 바라보는 시선을 느낀 케빈이 갑자기 몸을 뒤쪽으로 뺐다.

"보, 보스! 설마 그런 취향이었던 거야? 안 돼! 아무리 내가 보스를 좋아하지만 그래도 이건 아니야."

"뭐?"

"아직 난 마음의 준비가…… 그래도 보스가 정말 원한다면…….."

역시 이 녀석은 정상이 아니다.

"후우, 허튼 소리 그만해. 아무튼, 좀 찾아봐 줄 게 있어. 희망 재단이라고, 거기에서 돈이 새고 있는지 좀 알아볼 수 있을까?"

"재단? 그게 뭔데?"

케빈이 고개를 갸웃거렸다.

유창하게 한국말을 구사하기는 하지만, 케빈의 본적은

미국이었다.

또한 10살까지는 미국에서 살았기 때문에 간혹 이처럼 어려워하는 단어들이 있기도 했다.

"그러니까 재단이란 건 사람들이 기부한 돈을 가지고 어려운 사람을 도와주는 단체야. 영어로는⋯⋯."

"아! OK! 뭔지 알겠어. Foundation을 말하는 거지? 그런데 갑자기 거긴 왜? 혹시 그 희망 재단이라는 곳에서 보스가 기부한 돈을 꿀꺽하기라도 한 거야?"

"그걸 알아보려는 거지. 그곳의 돈이 정말 불쌍한 사람들을 위해 제대로 쓰이고 있는지 말이야. 조금 이상한 소리를 들어서 말이야."

케빈이 고개를 끄덕였다.

"음, 무슨 말인지 이해했어. 희망 재단이라고 했지?"

스윽-

의자를 뒤로 돌린 케빈이 타자 위에 손을 올려놓았다.

딸칵- 딸칵-

"어디 보자. 인터넷에서 떠도는 이미지를 뒤지면, 기부 재단 메일과 관련된 게 하나쯤 나올 것 같은데. OK! 여기 있네. 재단이니까 홈페이지는 있을 거고. 이걸 내가 만든 프로그램과 함께 희망 재단의 공식 메일로 보낼 거야. 제목은 뭐가 좋을까? 음, 보스. 희망 재단이라는 곳 한국에서 유명해?"

"국내에서는 최고 규모라고 할 수 있지."

2년이 지났지만, 아직 국내에서는 희망 재단과 같은 규모의 기부 단체는 없었다.

"좋았어. 그럼, Bill&Melinda를 언급하면 되겠네."

빌&멀린다 게이츠 재단은 전 세계 최고의 재단으로 세계 보건기구, 유니세프, 에이즈 퇴치 등등 도움이 필요한 곳은 아낌없이 베푸는 가장 영향력 있는 단체였다.

딱!

바쁘게 키보드와 마우스를 움직이던 케빈이 다시 의자를 빙그르 돌렸다.

"메일을 보냈으니까 잠깐 기다리자고. 기다리는 동안 감자칩 먹을래? 아님, 콜라?"

"됐어. 물이나 한 병 줘."

"YES!"

의자를 발로 차듯 반대편으로 이동한 케빈이 지하실 한쪽에 놓인 업소용 냉장고에서 생수를 꺼내 내게 던졌다.

"그런데 오는 길에 보니까 감시 카메라가 더 늘은 것 같더라?"

케빈이 깜짝 놀란 얼굴로 나를 바라봤다.

"헐! 그걸 눈치 챘어? 보스, 괜히 찔러 보는 거 아니야?"

"……입구에 하나, 소나무 사이에 세 개, 담벼락 아래쪽에 두 개. 더 말해 줄까?"

"아니. 그거면 충분해. 그런데 보스, 혹시 무슨 첩보원으로 있었어? 아님, 거대한 범죄조직? 그러고 보니 가능성이 있어. 한국에 있는 날 찾아온 것도 그렇고. 잠깐만! 혹시 나한테 이렇게 잘해 주는 이유가 친밀감을 형성한 다음에 이상한 일 시키려고 하는 계획은 아니지?"

"너무 나갔다. 그만 돌아와. 그보다 갑자기 감시 카메라는 왜 늘린 거야? 보안 장치도 강화한 것 같은데."

"아, 그게 최근 들어서 갱 같은 놈들이 동네를 돌아다니더라고. 쓸데없이 문을 두드리기도 하고. 뭐, 아직 여기까지는 안 왔는데, 그래도 혹시 몰라 좀 강화한 거야."

케빈의 대답에 슬며시 입 꼬리가 올라갔다.

"슬슬 움직이기 시작했나 보네."

"움직여? 뭐가?"

"내가 저번에 부탁했던 자료 기억나? 여기 구청장이랑 서울시장 계좌를 비롯해서 몇몇 계좌를 털어 달라고 했던 거."

"응, 기억해."

"그래, 원래 이 구역은 재개발 지역으로 선정되기에 이상한 점이 많았어. 상권이 집중되어 있는 것도 그렇고 역에서도 멀지 않아 나름 최적의 입지를 자랑하는 곳이었거든. 그러던 것이 갑자기 재개발 지역으로 선정되면서, 주민들을 내보내기 시작한 거야. 해서 좀 조사를 해 보니까 이곳

구청장이랑 시장 주변 사람들이 꽤 오래전부터 거액을 들여 근방 건물을 매입했더라고."

"재개발을 한다는 건 여기를 다 부수고 새로 짓겠다는 거잖아. 그런데 어째서?"

"보상금. 재개발이 시작되면 나오는 보상금을 노린 거야."

"아!"

케빈이 알겠다는 듯 고개를 끄덕였다.

"그러니까 미리 건물과 땅을 매입해서 재개발 지역으로 선정될 경우 보상금을 노린 거다?"

"거기에 재개발이 시작되면, 특정 기업에게 우선 입주권을 줄 계획도 가지고 있었지. 딱 자신의 임기가 끝나는 시점에 맞춰서 말이야."

"와! 그러니까 은퇴하기 전에 한몫 단단히 챙기겠다는 계획이었네? 그리고 보스는 그걸 사전에 알고 이 주변의 건물과 땅을 매입한 거고? 그럼, 보스도 이번 기회에 한몫 단단히 잡는 거 아니야?"

케빈이 건네준 생수를 한 모금 마시며 고개를 흔들었다.

"아니, 난 이번 계획 자체를 뒤집어 버릴 거야."

"응?"

"강제집행까지 남은 기간은 3개월. 그에 비해 난 연수원 생활도 끝났고 3주 후면 서울 검찰청으로 들어가지. 검사가 되는 거야. 검사한테 한눈에 봐도 수상한 거래내역이 있는데 어떻게 그냥 넘어가겠어? 케빈, 너도 알고 있지? 대한민국에서 기소권을 가진 사람이 검찰이라는 거?"

"그럼 보스의 계획은……."

"이 지역의 재개발 계획을 무효로 만들고 죄를 지은 놈들은 죗값을 치르게 할 거야. 지금에야 재개발지역으로 선정돼서 사람이 대부분 빠져나갔지만, 재개발이 취소되고 시간이 흐르면 다시 사람들이 모이기 시작하겠지. 이대로 버려두기에는 워낙 입지가 좋은 곳이니까."

"흐음, 그럼, 자연스레 다시 집값과 땅값이 오를 테니까 우리 보스 부자 되는 거잖아! 그런 사람이 고작 과자값 때문에 나한테 너무 하는 거…… 소, 손은 왜 올려? 설마 때리려고?"

억울하다는 듯 항변하는 케빈을 보며 오른손을 들어 올렸다.

그러자 케빈이 몸을 움찔거리며, 서둘러 의자를 뒤로 뺐다.

"안 때려 자식아. 그리고 어차피 이 근방 명의는 모두 네 앞으로 되어 있는데. 부자는 네가 되는 거지. 안 그래?"

케빈이 무릎을 탁 치며 환하게 웃었다.

"아하! 듣고 보니 그렇구나, 그럼, 앞으로 눈치 보면서 과자 안 먹어도 되겠네? 히히. 잔뜩 사 먹어야지."

한 달에 과자값으로 천만 원, 하루로 치면 대략 80만 원이란 금액을 쓰고 있는데 그게 눈치 보면서 먹은 거라고?

어이가 없긴 하지만 처음 케빈을 만났을 당시를 떠올리며 이해가 간다.

[두 가지만 약속해요. 하나는 반드시 우리 어머니를 고쳐주겠다는 것! 두 번째는 내가 먹고 싶은 과자는 원 없이 사주겠다는 것! 그럼, 당신을 평생 내 보스로 모시겠어요!]

"풋."

"보스, 갑자기 왜 웃어?"

"그냥 널 처음 만났을 때 일이 생각나서."

그때는 과자값이 나가 봐야 얼마나 나가겠느냐고 생각했는데, 만약 케빈과 같은 녀석이 내 밑에 서넛 있었으면 모르긴 몰라도 과자값을 버느라 등허리가 휘었을 것이다.

"……그보다 어머니는 좀 어때?"

케빈이 웃으며 어깨를 으쓱거렸다.

"여전하셔. 그래도 보스가 도와준 덕분에 조금씩 호전은 되고 있는 것 같아. 진심으로 고마워, 보스."

"다행이네. 시간이 조금 걸리겠지만, 꼭 완치시켜……."

삑─

말을 이어나갈 때 모니터 쪽에서 소리가 흘러나왔다.

휘릭—

케빈이 눈을 반짝이며, 급히 몸을 컴퓨터 앞으로 옮겼다.

"걸렸어! 그럼, 슬슬 실력 발휘부터 해 볼까? 보스, 알아 내야 할 게 뭐라고?"

"현재 재단이 운영 가능한 보유 자금과 투자 목록. 그리고 보유 흐름. 거기에 최근 1년 사이 재단에게 도움을 받은 사람의 명단이 필요해. 그 명단에 있는 사람과 재단이 기부한 내역을 확인하면 중간에 돈이 새었는지 확인할 수 있을 테니까."

"OK! 단숨에 알아봐 줄 테니까 기다려."

키보드를 두드리는 케빈의 손이 점차 빨라지기 시작했다.

"어라? 이거 방어 프로그램이 제법인데? 뭐, 그래도 케빈 38호에게는 어림없지. 자, 그럼 본격적으로 시작해 볼까? 가라! 케빈 38호! 모두 먹어 치우는 거야!"

타닥— 타다닥—

바쁘게 움직이는 케빈의 모습을 뒤에서 지켜본 지 얼마나 흘렀을까?

생수 한 통을 거의 다 비워 갈 때쯤 케빈의 입에서 밝은 목소리가 흘러나왔다.

"OK! 보스, 찾았어."

위이잉.

케빈의 외침이 끝나기 무섭게 프린트가 돌아가며, 찾아낸 자료들이 출력되기 시작했다.

그중에서 가장 위에 출력된 A4 용지를 집어 들고 살피니, 희망 재단이 개인을 비롯해서 각 단체에 기부한 내용들이 빼곡하게 적혀 있었다.

"보스! 지금 출력한 것 좀 한쪽에 놔두겠어?"

케빈의 말에 따라 수십 장이 넘는 종이들을 집어 한쪽에 올려 두었다.

그러자 곧이어 프린트가 다시 움직이기 시작하더니, 다시금 종이들을 토해 내기 시작했다.

"뒤져 보니까 조금 전이랑 같은 제목의 서류가 또 있더라고. 그런데 웃긴 게 각기 다른 보안 체계가 적용되고 있던 거 있지? 내용이 같은 서류라면, 굳이 그럴 필요가 없을 텐데. 이거 아주 구린 냄새가 진동을 하고 있어."

씨익-

올라가는 케빈의 입꼬리에 따라 나 역시 미소를 지었다.

굳이 얘기를 더 듣지 않아도 느낌, 아니 냄새가 느껴졌다.

아주 더러운 냄새 말이다.

새롭게 프린트에서 출력된 종이를 꺼내 앞서 출력한 종이와 비교해 봤다.

"으음."

명단에 있는 목록은 같았지만, 그 옆 리스트에 있는 금액이 달랐다.

뿐만 아니라 첫 번째 리스트에 지급 완료라고 되어 있는 목록들 상당수가 후자에 출력된 자료에는 미지급이라고 표시되어 있었다.

대충 살펴본 것만으로도 그 금액이 가볍게 넘어갈 수 있는 수준이 아님을 알 수 있었다.

"케빈, 두 자료에 표기된 금액. 그 차액은 얼마야?"

"음, 470억 정도?"

초기 투자금의 10분지 1에 해당되는 금액이었다.

"현재 희망 재단의 재무 상태도 찾아냈어?"

"물론이지. 대충 2,500정도 되는 것 같은데. 근데 이건 서류상에 기록된 수치니까 아마 실제로는 어느 정도 차이는 있을걸?"

"기가 막히는군."

아무리 오차가 있다고 해도 2년 사이에 수천억이나 되는 돈이 증발했다.

기부 재단이란 단순히 어려운 사람에게 일방적으로 물질적인 도움만 주는 곳이 아니다.

그렇게 했다가는 제아무리 돈이 많은 재단이라고 해도 몇 년이 지나지 않아 문을 닫고 말 것이다.

세상에는 그만큼 어렵고 힘든 사람들이 많기 때문이었다.

때문에 재단에서는 사람들이 기부한 돈을 이익이 되는 사업에 투자하거나 안전한 거래처를 통해 지속적으로 불리면서, 기부 활동을 전개해야 한다.

하지만 현재의 희망 재단은 그 두 가지 중 아무것도 해당되지 않았다.

서류는 조작해서 이중장부를 만들고 초기 자금은 절반에 못 미치는 수준으로 변했다.

"케빈, 지금 이 자료 어디서 찾은 거야?"

"응? 그야 재단 내부 데이터베이스를……."

"아니. 두 번째 자료 말이야."

혹시나 하는 마지막 믿음.

그래도 선은 넘지 않았으면 하는 생각으로 케빈을 쳐다봤다.

케빈이 어깨를 으쓱거리며, 모니터를 손가락으로 가리켰다.

"보스, 어느 단체든 말이야. 가장 Dirty하면서 중요한 자료는 꼭대기, 머리가 가지고 있는 법이야."

[Rheia]

모니터에 떠오른 알파벳.

그건 다름 아닌 희망 재단의 대표이자, D.K 그룹의 부사장인 레이아였다.

Chapter 121. 검찰청 입성

희망 재단의 이사장인 레이아가 재단의 돈을 횡령하고 있다는 현황은 명확했다.

그러나 서류가 있다고 한들 그 죄를 입증하는 것은 쉬운 일이 아니었다.

첫째, 레이아의 국적이 한국이 아니라 미국이라는 점이다.

그녀가 잘못을 저질렀다고 해도, 양국의 협약에 따라 레이아는 미국의 법으로 처벌받을 가능성이 높았다.

둘째, 케빈이 수집한 자료는 어디까지나 해킹을 통해 구한 자료다.

고소를 한다고 해도 자료의 출처를 명확하게 밝히지 못한다면, 법정에서 위법으로 획득한 자료로 판명됨에 따라 기각될 가능성이 높았다.

이와 같은 상황을 막기 위해서는 정식 루트를 통해 레이아의 횡령 혐의를 입증할 자료가 필요했다.

그래야지만 해당 서류를 참고 자료로 추가 제출, 판사의 판결을 유리하게 이끌어 낼 수 있었다.

셋째, 레이아는 거물이었다.

그녀는 국내 최대 기부 재단의 이사장임과 동시에 다국적 기업인 D.K 그룹의 부사장이었다.

국내 투자를 위해서 방문할 경우 최소 정부의 차관급 이상의 고위 관료가 마중을 나갈 정도의 위치라는 소리였다.

즉, 어지간한 준비가 되지 않은 이상 굳이 그녀를 타깃으로 삼아 시비를 걸 만큼 간 큰 검사가 있을 리 만무했다.

"뭐, 그렇다고 방법이 전혀 없는 것은 아니지."

씨익-

가볍게 웃으며 고개를 들었다.

그렇게 든 시선에 가장 먼저 들어온 것은 거대한 높이의 회색 건물이었다.

[서울중앙지방검찰청]

서울특별시 서초구에 있는 서울중앙지방검찰청은 서울의 중심지역을 관할하는 검찰청으로, 각종 범죄에 대한 수사와 공소, 형벌의 집행과 피해자 지원 업무 등을 처리하는 곳이다.

또한, 일선 검찰 기관 가운데 가장 중심적인 역할을 하고 있는 것은 물론 규모로도 검찰 내 최대 조직이라고 할 수 있었다.

"이곳이야말로 모든 검사들이 꿈에 그리는 곳."

머슴살이도 대감집에서 하는 것과 흔한 양반집에서 하는 것은 차이가 있기 마련이다.

오죽하면 이름뿐인 양반이 대감집 머슴의 위세에 눌려 길을 피해 다녔다는 말이 있을까?

이처럼 국가의 수도, 그 중심에 있는 서울중앙지검은 전국의 수많은 검찰청 중에서 소위 말하는 가장 끗발이 강한 곳이었다.

같은 검사들끼리도 서울중앙지검에 입성하면 영전이라 말하고, 그곳에서 쫓겨나면 좌천이라는 표현을 썼다.

그도 그럴 것이 검사의 계급(직위)은 평검사, 부부장 검사, 부장 검사, 차장 검사, 지검장, 고검장, 검찰총장 순으로 구분이 된다.

그런데 서울중앙지검에서 부장 검사 혹은 차장 검사로 근무를 하던 사람이 지방 검찰청으로 발령이 날 경우, 열에 아홉은 1계급(직위) 특진이 되는 게 보통이었다.

하지만 그럼에도 그 누구도 그 사람에 대해서 영전을 축하한다는 표현을 사용하지 않는다.

1계급 특진을 했다고 해도 그 영향력이 서울중앙지검에 있을 때와는 차원이 달랐기 때문이었다.

나는 연수원을 수료함과 동시에 이런 서울중앙지검에 배정된 것이다.

듣자하니 연수원 동기 중에서 나를 제외하고 서울중앙지검으로 발령 받은 졸업생은 두 명밖에 없다고 했다.

"아자! 아자! 드디어 왔다. 이거야말로 인간 승리! 살아 있는 신화! 무한 감격!"

검찰청을 오르는 계단의 뒤쪽에서 파이팅 넘치는 목소리가 들려왔다.

그 목소리의 주인이 누군지 알아차리는 건 어렵지 않았다.

연수원에서 2년 동안 지겹게도 들은 사람의 목소리였기 때문이었다.

"어? 한 검사! 여기야!"

이윽고 조금 전보다 한 고음 더 높은 목소리가 터져 나왔다.

고개를 돌리니, 하얀 와이셔츠에 검정 치마와 재킷.

가르마를 따라 머리카락을 곧게 넘긴 여성이 환하게 웃으며 손을 흔들고 있었다.

그녀의 이름은 장재인. 나이는 나와 마찬가지인 24살로, 연수원 성적 종합 5위의 수재였다.

그녀는 보기 드문 미인도 아니었고 큰 키를 지니지도 않았지만, 매사에 당당하고 미소를 잃지 않는 매력을 지닌 여성이었다.

더욱이 장재인은 중학교와 고등학교를 검정고시로 졸업한 뒤, 21살의 뒤늦은 나이에 지방 법대에 입학해서 단 한 번의 도전으로 사법시험에 합격한 진짜 오리지널 천재였다.

'룰렛이 없이 맨몸으로 저런 사람과 경쟁을 했다면, 모르긴 몰라도 십 년 이내 합격은 무리였겠지.'

룰렛을 통해 능력을 각성한 나와는 다르게 그들은 철저하게 본인의 실력과 노력으로 이 자리에 오른 사람들이었다.

물론 여행을 통해 내가 고생한 것을 생각하면, 나 역시 아무런 고생 없이 능력을 얻은 것은 아니었다.

하지만 그렇다고 해도 운으로 따지자면 분명 내가 그들보다 훨씬 좋다고 할 수 있을 것이다.

또각- 또각-

계단을 빠르게 뛰어 올라온 장재인이 하얀 치아를 드러내며 환하게 웃었다.

"한 검! 우리 연수원 졸업하고 처음 보지? 3주 동안 잘 지냈어?"

"그래, 나름 바쁘게 지냈지. 재인이 너도 잘 지냈어?"

너라는 표현에 장재인이 짐짓 인상을 썼다.

"어허! 너라니! 이왕이면, 장 검사라고 불러 주지? 이제 우린 연수생이 아니라 진짜 검사라고! 그것도 바로 서울중앙지검의 검사 말이야."

"알았어. 앞으로는 장 검사라고 불러 줄게. 장재인 검사님. 됐지?"

"앞으로는 꼭 그렇게 불러줘. 얼마나 듣기 좋아? 응? 저기 있는 거 김세진 아니야? 어이, 김세진!"

장재인의 목소리와 손가락질에 고개를 반대편으로 돌렸다.

그러자 한눈에 보기에도 고급진 검은색 세단에서 내리는 남성이 보였다.

185cm는 될 것 같은 큰 키에 몸에 딱 달라붙는 회색 슈트.

깔끔하게 정리된 머리에 날카로움과 차가움이 동시에 풍기는 모습은 TV속에 등장하는 전형적인 엘리트 검사의 그것과 동일했다.

하지만 손까지 흔들며 반갑게 인사를 건네는 장재인과 다르게 김세진은 눈길을 한 번 주는 것을 끝으로 그저 묵묵히 계단을 올라갔다.

그 모습에 장재인이 머쓱한 표정으로 머리를 긁적거리며 중얼거렸다.

"세진이는 여전히 차갑네."

"너 때문에 차가운 게 아닐 거야."

"응?"

장재인이 무슨 소리냐는 듯 나를 쳐다봤다.

"나 때문이야. 그러니까 신경 쓸 필요 없어."

"그게 무슨 소리야? 너 때문이라니?"

이래서 신은 공평하다는 말이 나온 것 같다.

장재인이 천재인 것은 분명하다.

하지만 사람과의 인간관계에 대한 눈치는 조금 떨어지는 부분이 있었다.

올해 26살의 나이로 사법 시험 1차와 2차 차석, 연수원 성적 2등을 차지한 김세진의 집안은 대대로 다수의 법조인을 배출한 명문가였다.

김세진의 할아버지는 대법원장을 역임했으며, 아버지는 대전지방검찰청 검사장이었다.

또한, 그의 형은 이미 몇 년 전에 연수원을 수석으로 수료하고 국내 최고의 로펌이라고 알려진 최&장 법률사무소의 매니저급 변호사로 활약 중이었다.

당연히 어린 시절부터 집안의 명예와 기대감이 항시 그의 어깨를 짓누르고 있었을 것이다.

그런 와중에 사법 시험도 2등, 연수원 성적도 2등을 하게 만든 내가 눈앞에 있으니, 기분이 좋을 리 있겠는가?

'성인이 아닌 이상에야 화가 나고 질투가 나는 게 당연하지.'

그 탓에 드라마에서 흔히 나오는 것처럼 2년의 연수원 생활 내내 나와 김세진은 썩 좋지 않은 관계를 유지할 수밖에 없었다.

"그냥 그런 게 있다. 그보다 어서 가자. 이러다 첫날부터 지각하겠다."

"헉! 벌써 시간이……."

9시까지 출근인데 벌써 시계의 시각은 8시 54분을 가리키고 있었다.

장재인이 재빨리 내 팔을 잡아끌며, 검찰청으로 걸음을 옮겼고 나 역시 웃으며 그 뒤를 따라 걸었다.

"하하! 듣던 대로 아주 훤칠하게 생겼군 그래. 부친께서는 안녕하신가? 내가 부부장 검사일 때 차장 검사셨으니, 벌써 못 뵌 지도 꽤 됐군 그래. 세월이 이렇게 빨라."

서울중앙지검 특별수사 강력부 조명규 차장 검사실.

출근 첫날부터 나를 비롯한 김세진, 장재인은 차장 검사실로 호출을 받았다.

이유는 대전검찰청의 검사장으로 재직 중인 김세진의 아버지 때문이었다.

검찰총장 후보까지 거론된 적이 있던 김세진의 아버지는 현재 자리에서 물러나더라도 여의도 입성이 확실시되는 사람 중 하나였다.

얼굴이 잔뜩 굳어 있던 김세진 역시 조명규 차장 검사가 살갑게 대해 주자 입가에 미소를 지었다.

그러면서 은연중 나와 장재인을 쳐다보는 것을 잊지 않았다.

마치 이것이 너와 나의 수준 차이라는 것을 과시하듯 말이다.

'귀여운 녀석.'

하지만 이미 산전수전 다 겪은 사람들의 기억을 지닌 내가 보기에는 그런 김세진의 태도가 귀여울 뿐이었다.

'그보다 조명규 차장 검사라. 올해 46살로 연수원 34기였지?'

서울중앙지방검찰청은 내로라하는 천재, 거기에 능구렁이 수십 마리씩은 가슴에 품고 있는 사람들이 즐비한 곳이다.

그런 곳에 발을 딛는데 아무런 사전 정보도 없이 들어설 만큼 난 준비성이 떨어지는 놈이 아니었다.

'평소에는 사람 좋은 호인처럼 행동하지만, 그건 그냥 보여 주기 식이지. 자신의 의견에 반대하거나 토를 다는 사람을 지극히 싫어하고, 야심이 강해. 하지만 그 야심은 검찰청보다는 여의도를 향하고 있지.'

분석한 자료에 의하면, 조명규 차장 검사는 조만간 굵직한 사건으로 언론의 스포트라이트를 받고 난 뒤 여의도로 방향을 틀 가능성이 제일 높은 사람이었다.

실제로 그는 지금도 시간이 날 때마다 남몰래 여당의 국회의원들과 만나며 골프를 치는 등의 친목을 다지고 있었다.

벌써부터 공천을 받기 위한 물밑 작업을 진행하고 있는 것이다.

하긴 서울중앙지검에서 오랜 시간 잔뼈가 굵은 사람이니, 그가 보관하고 있는 개인 자료만 해도 어지간한 국회의원쯤은 단숨에 목을 날려 버릴 수 있을 것이다.

국회의원들이 굳이 검사 출신들을 공천해서 의원 배지를 달아주는 것 또한 바로 이 때문이었다.

유난히 자기 식구들에 대해서만큼은 관대한 검찰청의 특수성답게, 은퇴를 하고 정계를 나가도 그 끈과 인맥이 상상외로 단단하기 때문이었다.

즉, 여당이나 야당 내에서 어느 국회의원이 사고를 친다고 하면 검찰 출신의 의원이 손을 써서 그 일을 무마시키는 것이다.

"음, 그리고 자네가 이번 연수원 수석이라고? 이름이……."

"한정훈이라고 합니다."

"아! 그래, 한 검사. 특수부에서 자네에게 거는 기대가 크네. 앞으로 멋진 활약 기대하겠네."

조명규 차장 검사의 칭찬 섞인 격려에 김세진의 눈썹이 꿈틀거렸다.

이게 바로 수석이 가진 위력이었다.

학벌, 집안이 부족하다고 해도 대한민국 사회에서는 일단 수석이라고 하면 바라보는 시선이 달라진다.

물론 그 시선이 끝까지 가는 것은 아니다.

서울대에서 전교 1등 못해 본 사람을 찾는 게 어려운 것처럼, 서울중앙지검 내부에서 수석이란 찾아보기 어려운 타이틀이 아니었다.

게임으로 치자면, 스타트 지점에서 체력 +10 정도의 타이틀을 하나 더 가지고 시작하는 것이라고나 할까?

그렇기 때문에 상사 입장에서는 수석이라는 녀석이 자신을 더 높은 곳으로 올려 줄 재목이라면 키우겠지만, 그게 아니라면 더 크기 전에 재기가 불가능하도록 짓밟아 버리는 게 검찰청 내부에 만연하게 퍼져 있는 정글의 법칙이었다.

"그리고 자네는……."

조명규 차장 검사가 장재인을 쳐다봤다.

장재인이 군기가 바짝 든 목소리로 말했다.

"처음 뵙겠습니다! 장재인이라고 합니다!"

"뭐, 자네도 앞으로 열심히 하게."

"네! 알겠습니다!"

"아가씨가 목소리는 참 크군. 아무튼 자네들도 알고 지원했겠지만, 우리 특별수사부는 사회지도층 부패와 토착비리 및 기업들의 구조적·고질적 비리를 척결하는 부서네. 이 밖에도 각종 강력범죄나 금융과 관련된 일들도 전담하고 있는 만큼 검찰청의 꽃이라고 해도 과언이 아닐세. 그러니 항상 어깨를 당당히 펴고 어디 가서 특수부의 명예를 깎아내리다 행동 따위는 절대로 하지 말도록. 모두 알아들었나?"

"네, 알겠습니다."

"명심하겠습니다."

"절대 명예를 깎아내리지 않겠습니다!"

유난히 또랑또랑한 장재인의 목소리에 나와 김세진은 물론 조명규 차장 검사 또한 어이가 없는 표정으로 그녀를 쳐다봤다.

말은 하지 않았지만, 그의 표정은 골치 아픈 또라이 한 명이 들어왔다는 것을 직감한 얼굴이었다.

"그래, 인사는 이쯤하고 각자 배정받은 사무실로 돌아가 보게. 조금 있다 신 부장이 부를 테니, 업무와 관련해서는 그때 따로 듣도록 하고."

일반 사람들이 보기에는 검사라는 직업이 대단해보이지만, 검찰청 안에서 볼 때는 지나가는 사람 중에서 대충 골라잡아도 흔한 검사 중에 한 사람일 뿐이다.

간단하게 설명하면, 대기업에 신입사원이 출근했다고 해서 전무나 이사가 불러 앞으로 열심히 하라는 말을 하지는 않는다.

그 신입사원이 회장이나 사장의 직계 가족이 아닌 이상에는 말이다.

보통은 자신이 속한 부서의 과장이나 부장이 앞으로 열심히 하라는 말을 던지고 그 다음 인계는 대리 정도의 직급을 가진 사람에게 넘어가기 마련이었다.

검찰청 역시 마찬가지였다.

부부장 검사를 일반 기업의 대리와 비교하기는 애매하지만, 어찌 됐든 평검사들에게 실질적인 업무 지시를 하는 사람은 부장 검사를 비롯한 부부장 검사들이었다.

끼익-

문을 닫고 나오자 장재인이 참았던 숨을 크게 토해 냈다.

"……이상하네. 분명 우리 아버지가 첫 출근해서는 씩씩하고 기운차게 대답해야 상사들이 좋아한다고 했는데. 어째 아까 차장 검사님 반응이 좀 그랬지? 나 무슨 실수라도 한 걸까?"

그래도 아예 눈치가 없는 것은 아닌 모양이다.

"앞으로 열심히 하면 괜찮을 거야."

"그렇겠지?"

장재인을 위로할 무렵 김세진은 말없이 걸음을 옮겨 자신의 사무실로 향했다.

'이런 관계가 지속되는 건 상관없지만, 괜히 내가 하는 일에 걸림돌만 되지 마라.'

김세진의 뒷모습을 물끄러미 바라보다가 이내 장재인에게로 시선을 돌렸다.

"자, 그럼 우리도 이만 가도록 하자."

TIME ROULETTE
타임룰렛

Chapter 122. 수석의 무게

검사는 형사와 다르게 수사 독립권을 가지고 있다.

따라서 검사마다 개개인이 사무실을 가지고 있으며, 하나의 사건은 한 명의 검사에게 배정되는 것을 원칙으로 한다.

물론 예외적으로 다수의 검사가 합동으로 수사를 하는 경우도 존재하긴 하지만, 그건 어디까지나 지극히 드문 경우였다.

국가적으로 큰 사건이 아닌 경우는 같은 검사라고 해도 부여받은 사건에 따라서 수사의 독립권이 엄격하게 구분된다고 볼 수 있다.

한정훈 검사라고 적힌 사무실을 잠시 바라보다가 가볍게 숨을 들이마심과 함께 문을 열었다.

끼익—

사무실의 열린 문 안으로 10평이나 될 것 같은 작은 공간에 옹기종기 모여 있는 책상들과 가구들이 보였다.

조금 전 방문한 차장 검사실에 비하면 정말 볼품없다고 느껴질 만한 크기다.

그러나 검찰청 내에 나와 같은 평검사들만 수백 명이 있다고 생각하면, 이런 불만 역시 사치라고 할 수 있었다.

"저기, 어떻게 오셨어요?"

앳된 목소리에 시선을 돌리니, 서류철을 가슴에 꼭 안고 있는 여성이 보였다.

"이번에 부임한 한정훈이라고 합니다."

"아! 검사님이시구나. 박 계장님! 검사님 오셨어요!"

여성의 시선이 뒤쪽으로 향함과 동시에 작은 쿵 소리가 들려왔다.

그와 동시에 서른 후반쯤 되어 보이는 사내가 머리를 매만지며, 책상 아래에서 모습을 드러냈다.

"아이고. 거 희선 씨! 갑자기 그렇게 크게 소리를 지르면! 내가 놀라잖아. 그런데 거기 계신 분은 누구신지?"

희선이라고 이름 불린 여성을 향해 중년인이 눈을 깜박거리며 되물었다.

"검사님이시라고요. 한. 정. 훈 검사님 말이에요!"

"아!"

그제야 상황을 이해한 중년인이 재빨리 자리에서 걸어 나와서 고개를 숙였다.

"검사님, 처음 뵙겠습니다. 박동철 계장이라고 합니다."

"저는 실무관 민희선이라고 해요."

두 사람의 인사에 나 역시 고개를 숙이며 인사를 건넸다.

"처음 뵙겠습니다. 금일부로 서울중앙지검에 부임한 한 정훈이라고 합니다."

검사의 사무실은 검사 혼자서 사용하는 공간이 아니다.

사무실에는 국가공무원 중에서 검찰직에 해당하며 검찰 수사관이라는 직책으로 검찰청에서 근무하는 6급에서 9급 의 공무원들이 존재한다.

검찰수사관들이 하는 일은 범죄 정보를 수집 및 분석하 고, 압수수색과 피의자를 검거, 사건을 수사하는 등 법원에 기소하는 데 일조하고 있다.

이 밖에도 관련 서류나 기록 등을 접수, 관리하는 등의 업무도 진행하며 조직의 운영에 필요한 갖가지 행정 업무 도 수행하고 있다.

이처럼 검찰수사관은 검사의 명을 받은 수사의 사무는 물론 형사 기록의 작성과 보존 등 행정적 업무를 진행하는 검찰청의 멀티 플레이어라고 할 수 있었다.

덕분에 검찰청에서 잔뼈가 굵은 검찰수사관 같은 경우 어지간한 신임 검사보다 그 영향력이 더 강하다고 볼 수 있었다.

한편, 아무리 능력 있는 검찰수사관이라도 해도 검찰 업무를 비롯해서 모든 잡무를 볼 수는 없는 일이었다.

그래서 존재하는 사람들이 바로 실무관 및 주무관들이었다.

이들은 일반 행정직 혹은 계약직 공무원들로 검찰수사관들과 달리 사건을 조사하거나 정보를 수집 및 분석하는 일은 진행할 수 없었다.

실무관이라고 소개한 민희선이 바로 여기에 해당 되었다,

'인원 구성은 예상했던 대로네.'

두 사람이 사무관과 실무관으로 배정되리란 사실은 이미 알고 있던 정보였다.

케빈을 통해 검찰청 인사정보를 해킹해서 사전에 파악했기 때문이었다.

검찰 사무관과 실무관 같은 경우 검사가 업무를 진행하면서 많은 부분을 의지하거나 부탁할 수밖에 없었다.

그러니 나로서는 이 사람들의 성향과 특징, 주변 정보를 미리 파악해 둘 수밖에 없었다.

다행인 것은 민희선 실무관 같은 경우는 이제 막 검찰청에 들어온 백지 같은 상태라는 것이다.

박동철 계장의 경우에는 안전제일주의로 크게 모난 것 없이 검찰수사관으로 살아온 사람이었다.

지금 수준에서는 이들이 내 뒤통수를 칠 가능성은 극히 낮다고 할 수 있었다.

물론 앞으로 함께 일을 진행하면서 어떻게 될지는 알 수 없지만 말이다.

"처음이라 부족한 게 많을 텐데, 앞으로 두 분께서 잘 도와주셨으면 합니다."

"험험, 걱정 마시기 바랍니다. 제가 검찰청 밥을 좀 오래 먹었는데, 검사님을 딱 보니! 부장 검사 아니, 차장 검사까지 미끄러지지 않고 쭉 가실 관상입니다."

"응? 계장님, 아까는 연수원 수석 출신 검사님이라서 고달플지도 모를 거라고 하셨잖아요."

"어? 내, 내가 그랬나?"

민희선의 지적에 박동철 계장이 어색한 미소를 지었다.

"그, 그게 수석이면 원래 높은 사람들이 관심을 많이 가지니까 그렇지. 그보다 검사님, 혹시 조금 전에 차장 검사님 방에 다녀오시지 않으셨습니까?"

"어떻게 아셨습니까?"

이번에는 나 역시 놀랬다.

박동철 계장이 씩 웃었다.

"검찰청 소문이 이렇습니다. 서로 관심이 없는 것 같으면서 누가 왔는지, 또 그 사람이 뭘 하고 있는지 복도 한 바퀴만 돌면 다 알 수 있습니다."

"음, 그건 확실히 조심할 필요가 있겠네요."

한 사람의 눈을 속이는 건 어렵지 않다.

그러나 완벽한 배우라도 백 명, 천 명이 관찰하기 시작하면 그 완벽함에 틈이 보이기 마련이었다.

삐리리- 삐리리-

그렇게 두 사람과 얼마간 대화를 나눴을까?

사무실의 배치된 전화가 울렸다.

민희선이 재빨리 달려가서 전화를 받았다.

"네, 한정훈 검사님 사무실입니다. 네? 아, 지금 바로 전달해 드리겠습니다."

딱-

빠른 속도로 통화를 끝낸 민희선이 전화기를 내려놓으며 말했다.

"한 검사님, 신성준 부장 검사님 방으로 잠깐 올라오라고 하십니다."

"부장 검사님이요?"

"아마 일거리 관련해서 뭔가 주시려고 하시는 모양입니다."

대답은 박동철 계장에게서 흘러나왔다.

"첫날인데, 벌써 말입니까?"

"아무래도 검찰청은 늘 일손이 모자라니까요. 그래도 너무 걱정은 하지 마십쇼. 아마 간단한 것부터 주실 겁니다."

신성준 부장 검사 또한 어느 정도 파악하고 있었지만, 내색을 하지 않고 물었다.

"부장 검사님은 어떤 분이십니까?"

"어떤 분이라. 조금 고리타분하고 빡빡하다고 해야 할까요? 거기에 검찰청 일은 실제로 발로 뛰어서 해야 는다고 생각하시는 분이죠. 그래도 사람이 나쁘신 분은 아니니, 너무 어려워하실 것은 없습니다. 나름 사람 냄새 나는 분이거든요. 아차! 그리고 이거 가져가십쇼."

덜컥-

박동철 계장이 사무실의 미니 냉장고를 열어 처음 보는 브랜드의 숙취 해소 음료수를 꺼내 내게 건넸다.

"……?"

"들어 보니 어제 부장 검사님께서 거하게 한잔하셨다고 합니다. 그게 숙취에는 아주 제대로입니다."

"그래도 첫날부터 이런 건 좀……."

직장 첫날 일면식도 없는 상사에게 숙취 해소 음료수를 건네는 신입사원.

과연 상사가 느끼기에는 어떤 감정이 먼저 들까?

기특함? 혹은 어이없음?

망설이는 내게 박동철 계장은 거침없이 숙취 해소 음료

수를 손에 쥐여 주었다.

"에이, 이게 모두 저희를 위해서입니다. 검사님이 부장 검사님께 예쁨을 받아야 저희도 마음 편히 일할 거 아닙니까? 검사님, 검찰청도 사람 사는 곳입니다. 꼭 실적이 뛰어나고 사건을 잘 해결해야 예쁨 받는 게 아닙니다. 이런 거 하나라도 챙겨 드리면, 나중에 그게 다 모이고 모여 좋은 일로 돌아오니 꼭 명심하시기…… 아이고. 이거 제가 건방지게 떠들었네요."

"아닙니다. 꼭 명심하도록 하겠습니다."

박동철 계장의 말은 분명 나름의 뼈가 있는 말이었다.

'검찰청도 사람 사는 곳이 맞긴 하지. 그 사람들이 모두 괴물이라서 그렇지.'

그러나 박동철 계장의 말처럼 괴물들이 모인 곳에도 따뜻한 마음을 지닌 사람이 분명 있을 것이다.

그리고 그런 사람을 찾아내 하루 빨리 내 편으로 만들어야 한다.

그래야지만 하고자 하는 일을 보다 확실하고 빠르게 진행시킬 수 있기 때문이었다.

"……음료수는 부장님께 잘 전달해 드리겠습니다. 아! 그리고 오늘 점심은 셋이 같이 먹도록 하시죠. 첫날인 만큼 제가 사도록 하겠습니다."

끼익―

사무실의 문이 닫히고 민희선이 조심스레 문 밖으로 귀를 기울이더니, 이내 가슴을 쓸어내리며 입을 열었다.

"후우. 가신 것 같아요. 생각보다 무서운 분은 아니신 것 같은데요? 나이도 저랑 비슷한 것 같고요."

털썩―

박동철 계장이 자신의 자리로 가서 앉으며 고개를 끄덕였다.

"그야 그렇지. 검사님 나이가 24살이라고 그랬으니까 희선 씨보다 한 살이 많네. 그러고 보면, 우리 사무실에는 엘리트만 있네?"

"네?"

"보통 검사님이나 희선 씨 나이 때는 어디 취업할지 머리 싸매고 고민할 때인데, 한 명은 서울중앙지검의 검사, 또 한 명은 실무관. 이야~ 아주 끝내주네. 나는 그 나이 때 뭐했더라? 선배들 쫓아다니며 데모나 하고 다녔던 것 같은데."

"에이, 괜히 비행기 태우지 마세요."

민희선이 손사래를 치며 말을 이었다.

"그래도 다행이에요. 저는 시험은 물론 연수원도 수석이라고 하셔서 혹시 바늘로 찔러도 피 한 방울 안 나오는 분이면 어떡하나 엄청 걱정했단 말이에요."

"그거 정말 다행이네. 이번에 우리 검사님이랑 같이 오신 연수원 동기가 있는데, 듣기로는 그분이 딱 희선 씨가 말한 그런 사람이라고 하던데. 이름이 김…… 김세진 검사라고 했던가?"

"으으, 아마 그런 분 밑에 배정됐으면 전 숨 막혀서 죽었을걸요?"

민희선이 가볍게 몸을 떨었다.

"뭐, 아무튼 우리 검사님 사람은 괜찮아 보이더라."

박동철 계장이 순순히 인정했다.

"그렇죠?"

"근데 그게 꼭 좋은 건 아니다."

"네? 그게 무슨 소리에요?"

"내가 검찰청에서 수사관 생활하면서 사람 좋은 검사들 참 많이 봤는데. 내가 왜 신임 검사님 방으로 온 것 같아?"

"그거야……."

민희선이 뭔가 말을 하려다가 입을 다물었다.

사실 그녀도 조금 이상하다고 생각을 하고는 있었다.

하지만 그런 것을 일일이 물어볼 만큼 눈치가 없는 사람은 아니었다.

"좋은 사람은 검찰청에 오래 못 있어. 무슨 마가 끼었는지 그런 사람들은 금방 사라지거든. 아니면 변하거나. 백에 아흔아홉은 둘 중의 하나지."

"음음······."

스윽—

이마가 찌푸려진 민희선을 바라보며 웃어 보인 박동철 계장이 냉장고에서 주스 캔을 하나 꺼내 그녀에게 던졌다.

휙—

"앗, 차거."

"그러니 희선 씨도 처음부터 너무 마음을 주지 마. 언젠 가는 헤어져야 하는데, 생각 외로 그 시간이 빠르게 찾아올 수도 있으니까."

말을 마친 박동철 계장이 의자를 돌려 검찰청 밖을 쳐다 봤다.

오늘 따라 괜스레 자신이 수사관으로 처음 검찰청에 들 어왔을 때가 생각났다.

벌써 십 년도 더 넘은 일인데 말이다.

"······나중에 하늘에 가면 한번 물어봐야겠어. 나쁜 놈은 그냥 두고 좋은 사람은 왜 그리 빨리 데려가느냐고 말이 야."

특수부 신성준 부장 검사의 방은 명색이 부장 검사의 방 이라고 하기에는 단출하기 짝이 없었다.

조명규 차장 검사의 방은 그래도 난을 비롯한 화분들이 상당했는데, 신성준 부장 검사의 방에는 책상을 비롯해서 물건을 올려 둘 수 있는 공간에는 서류들만이 가득 쌓여 있었다.

'역시 조사대로 일 벌레라는 소문이 맞네.'

대중의 시선에 검사라는 직업은 흔히 뭔가 있어 보이는 것처럼 비춰지지만, 실상은 어지간한 3D 직업 못지않았다.

매일같이 처리해야 하는 업무량은 폭발적으로 늘어만 가는데, 그 와중에 큰 사건이라도 맡는 날에는 사건이 해결될 때까지 쪽잠을 자며 밤낮을 검찰청에 붙잡혀 있는 게 다반사였다.

그렇다고 월급이 많은가 하면, 일반 공무원보다야 조금 높을 뿐이지 일하는 업무량의 비해 많다고 할 수 있는 액수는 아니었다.

검사를 하던 사람들이 변호사 사무소를 개업하고, 그중에서도 이혼 전문 변호나 기업 변호 같은 돈이 되는 일만 찾는 것 역시 이 때문이었다.

'검사들이 동기랑 회식을 하게 되면, 회식이 끝나고 다시 손잡고 검찰청으로 들어간다는 말이 있을 정도니까.'

하지만 이런 검사도 일의 압박에 대해서 한시름 덜 수 있는 시기가 있으니, 바로 부장이란 직함을 달고 나서부터였다.

문제는 평범한 검사가 부장 검사가 되기까지 족히 15년 정도의 시간이 걸린다는 것이다.

"잠깐만. 거기 앉아서 기다리게."

"네, 알겠습니다."

신성준 부장 검사는 서류에서 눈을 떼지 않은 채 앞에 놓인 의자를 가리켰다.

그렇게 자리에서 얼마나 기다렸을까?

눈에 쓰고 있던 안경을 벗은 신성준 부장 검사가 뻑뻑한 눈을 비비고는 앞으로 걸어 나왔다.

"사람을 불러 놓고 미안하네. 급히 봐야 할 서류가 있어서."

"아닙니다."

"그래, 자네가 이번에 연수원을 수석으로 졸업한 친구라지?"

"운이 좋았습니다."

신성준 부장 검사가 별다른 표정 변화 없이 고개를 끄덕였다.

"그렇겠지. 실력으로 모든 게 결정되는 세상이 아니니까."

"……"

"이번에 부임한 김세진 검사와 연수원 동기라고?"

김세진의 이름이 거론되는 순간, 난 그가 무슨 말을 하려고 하는지를 알 수 있었다.

사전에 파악하고 있던 정보가 떠오른 것이다.

하지만 지금은 그 사실을 내색할 타이밍이 아니었다.

"그럼, 그 친구 아버지가 검사인 것도 알고 있겠군."

"대전지방검찰청 검사장으로 근무하신다고 들었습니다."

검사장은 지방검찰청의 책임 검사를 뜻한다.

다시 말해서 김세진의 아버지는 대전지방검찰청의 우두머리라는 뜻이었다.

이로 인해 연수원 내에서도 김세진에 줄을 대려는 사람들이 상당수 있었다.

결과적으로 철저하게 홀로서기를 고수하는 김세진의 성격 탓에 줄을 대는 것에 성공한 사람은 없었지만 말이다.

"맞네. 그리고 나와 연수원 동기이기도 하지."

이윽고 신성준 부장 검사의 입에서 얘기의 핵심이 흘러나왔다.

두 사람이 바로 연수원 동기이자 지금의 나와 김세진처럼 동시에 서울중앙지검에 들어왔다는 사실이었다.

여기서 한 가지 주목할 점이 있다. 현 특수부 조명규 차장 검사의 연수원 기수는 34기다.

이에 비해 신성준 부장 검사의 기수는 31기였다. 일반기업이야 능력 있는 사람이 자신보다 먼저 들어온 선임을 제치고 승진하는 일은 다반사로 일어난다.

하지만 규율을 중요시하는 검찰은 조금 다르다.

자신보다 낮은 기수의 사람을 위로 올려 보낸다는 것은 그보다 높은 기수의 사람에게 알아서 나가 달라는 의미를 내포한다.

그런데도 신성준 부장 검사는 꿋꿋이 자리를 지키고 서울중앙지검에 붙어 있었다.

이것은 어지간한 뚝심과 고집이 있지 않고서는 불가능한 일이었다.

신성준 부장 검사가 오른손으로 턱을 쓰다듬으며 말했다.

"김인규 그 친구가 대전으로 가고 나서 처음으로 내게 전화를 하더군. 자기 아들이 특수부로 가게 됐으니, 나름 살펴 달라고 말이야."

"……."

"그래서 내가 뭐라고 대답했을 것 같나?"

김인규는 연수원 동기인 김세진의 아버지로 대전 검찰청의 고검장이었다.

얼핏 보기에 검사장 김인규의 전화는 청탁이라고 볼 수도 있다.

그러나 그것은 어디까지나 보는 관점에 따른 차이였다.

변호하기에 따라서 단순히 자신의 친구에게 아들 녀석을

잘 봐 달라는 안부 전화로 볼 수도 있다.

"생각할 시간을 더 줘야 하나?"

"아닙니다. 제가 생각하기에는 부장님께서는 아쉽다고 하셨을 것 같습니다."

"아쉬워?"

신성준 부장 검사가 눈썹을 꿈틀거렸다.

그는 지금 이 자리에서 나를 시험하고자 했다.

하지만 안타깝게도 그의 성향은 이미 내게 파악이 된 상황이었다.

"네, 만약 금품을 건네거나 술자리를 대접하면서 그런 말을 했다면 부정청탁 및 금품수수의 금지에 관한 법률을 위반한 죄를 물을 수 있었을 테니까요. 하지만 고작 아무런 대가성 없는 전화 한 통이지 않습니까?"

"……자네 말은 친구의 아들을 잘 봐 달라고 부탁한 동기를 내가 죄인으로 만들고 싶었다는 건가?"

고개를 내저었다.

신성준 부장 검사와 김인규 검사장의 사이는 적어도 검사 밥을 몇 년 먹은 사람만이 알고 있는 일이다.

이제 한 발 내딛은 내가 너무 티를 낸다면, 오히려 의심을 받을 수 있다.

"그런 뜻이 아닙니다. 법복을 입은 사람은 고의가 됐든 그렇지 않든 언행에 매사 조심해야 합니다. 말 한마디,

사인 한 번으로 무고한 사람도 수십 년 동안 감옥에서 썩게 만들 수 있는 사람이 바로 우리 검사들이기 때문입니다."

"……."

"일개 평검사도 알고 있는 사실을 고검장님께서 모르시지 않았을 겁니다. 그런데도 부장님께 그런 말씀을 했다는 건, 그로 인해 벌어질 수 있는 일들도 본인이 다 책임지겠다는 의중이 아니었을까요?"

"자네 말에 따르면 그 친구가 전부 책임을 지는 건데 내가 왜 아쉽다는 건가?"

"부장님께서 얻을 수 있는 게 아무것도 없지 않습니까?"

"얻을 게 없다고?"

신성준 부장 검사의 되물음에 고개를 끄덕였다.

"네, 역사가 말해 줍니다. 배고픔에 굶주린 노비가 양반을 칠 때는 한 톨의 쌀이라도 얻기 위함입니다. 하지만 서울중앙지검과 대전 지검, 부장 검사와 고검장, 같은 검찰 식구. 모든 걸 따져 보죠. 과연 부장 검사님께서 고검장님의 말을 들어준다고 한들 득이 될 게 있습니까? 물론 듣지 않아도 해가 될 건 없을 겁니다."

"흐음."

"하지만 이건 어디까지나 물질적인 것만을 놓고 말한 겁니다. 정신적으로 본다면 얘기가 달라지죠. 부장님께서는 검사장님의 전화 때문에 지금 이 순간에도 이리 마음을 쓰고 계시지 않으십니까? 이럴 거라면, 차라리 그쪽에서 단호히 뭔가를 제시하는 쪽이 부장님의 생각을 확고히 하고 감정 소모를 줄일 수 있기에 아쉽다는 표현을 쓴 겁니다."

신성준 부장 검사가 날 지그시 노려봤다. 그의 입술이 슬며시 비틀렸다.

"확실히 수석이라 그런가. 자네 꽤 건방진 소리를 늘어놓는군."

"제 말이 주제넘었다면, 사과드리도록 하겠습니다. 죄송합니다."

재빨리 자리에서 일어나 허리를 90도로 숙였다.

'자, 이대로 화를 내고 날 쫓아낸다면, 첫 판부터 제대로 꼬이는 건데. 당신의 대답은 뭐지?'

두근거리는 마음을 감추며, 허리를 숙인 채 이어질 신성준 부장 검사의 말을 기다렸다.

"……됐으니까 허리 펴고 자리 앉아."

"감사합니다."

"그래, 한 검사 설명을 들으니, 계속해서 내 가슴을 답답하게 만들고 있던 게 뭔지 알겠어. 인제야 속이 좀 시원하군. 후후."

그의 입에서 작은 웃음이 흘러나왔다.

"때로는 이렇게 누군가 바른 소리를 해줘야 머리가 뚫릴

때가 있다니까. 원점으로 돌아와서, 내가 오늘 이 자리에서
자네에게 이 얘기를 꺼낸 건 미리 있을 분란을 만들지 않기
위해서였네."

"분란이요?"

"난 자네나 김세진이나 또 이번에 부임한 장, 장……."

"장재인 검사입니다."

이 친구 이름이 그렇게 어려웠던가?

아니면 연수원 5위라는 성적이 내가 만난 사람들에게는
아무것도 아닌 모양이다.

"아! 그래, 장재인 검사. 그 친구도 포함해서 나는 누군
가에게 특혜를 제공할 생각은 추호도 없어."

"특혜 말씀이십니까?"

"그래. 자기가 실력이 있으면 그만큼 일을 가져가는 거
고, 그만한 대우를 받는 거지. 하지만 검찰청의 검사는 나
뿐이 아니고 특수부에는 나보다 높은 사람도 허다하지. 지
내다 보면, 부조리하거나 억울한 일도 많을 거야. 그런데
그때마다 찾아와서 하소연을 하면 어떻겠나?"

순간 서류에 신성준 부장 검사의 성격을 비유해서 적혀
있던 글귀가 떠올랐다.

'홀로 살아남은 늑대.'

머릿속에 떠오른 생각을 지우고 입을 열었다.

"……피곤하실 것이라 생각합니다."

"그렇지. 그러니까 오늘 일은 내가 옷을 벗거나 자네가 특수부에 몸담고 있는 동안 잊지 말게. 그 뒤는 더 말하지 않아도 알겠지?"

"네, 이해했습니다."

원하는 대답이 흘러나왔기 때문일까?

그제야 신성준 부장 검사의 입가에 다시 희미하게 미소가 걸렸다.

"본격적인 일은 내일 아침 조회부터 주겠네. 오늘은 식구들이랑 같이 술이라도 한잔하고 일찍 들어가."

"네? 첫날인데 그래도 되겠습니까?"

이번만큼은 나도 예상하지 못한 말이었다. 출근한 지 2시간 만에 퇴근이라니?

"자네 직속 결제라인이 누구지?"

"……부장님이십니까?"

"그래, 직속상관이 허락했는데 무슨 상관이야. 자네 말고도 김 검사랑 장 검사에게도 들어가 보라고 했으니까 부담 갖지 말게. 그럼, 그만 가 보게."

"저 부장님. 한 가지만 여쭤봐도 되겠습니까?"

막 자리에서 일어나려는 신성준 부장 검사를 향해 말했다.

"뭐지?"

"본래 신임 검사는 검찰청에 부임하면, 선배 검사 밑에서 수습으로 시작한다고 배웠습니다."

연수원 시절에도 수습으로 활동한 경험은 있다.

그때처럼 검찰청의 검사로 부임하게 되면, 경력 있는 검사의 사무실로 배정이 되고 한동안 수습으로 일을 배우게 된다.

그렇게 일정 시간이 지나면, 부장 검사가 단독으로 사건을 배정한다.

이때부터 자신의 수사관과 실무관은 물론 사무실까지 배정이 되는 게 보통이었다.

그러나 나를 비롯한 김세진과 장재인은 특수부로 부임하기 무섭게 모두 수사관과 실무관을 배정받았다.

"어중간한 각오라면, 하루 빨리 옷을 벗고 이 검찰청을 나가라는 의미다."

"그게 무슨……."

"어리광을 부릴 사수도 지켜 줄 사람도 없다. 실수를 하면, 그건 온전히 자신의 몫. 당연히 책임도 홀로 져야지."

"……."

"더 물어볼 게 있나?"

"아닙니다. 이만 나가 보도록 하겠습니다."

자리로 돌아가는 신성준 부장 검사를 향해 고개를 한 번 더 숙이고는 문을 열고 부장 검사실을 나왔다.

끼익-

저벅- 저벅-

사무실로 걸음을 옮기면서, 신성준 부장 검사와 나눴던 얘기를 떠올렸다.

"대충 어떤 성격인지는 알겠는데. 아무래도 좀 더 자세히 알아볼 필요는 있을 것 같네."

분명 서류상의 신성준 부장 검사는 큰 야망이나 욕심이 있는 사람은 아니었다.

타인이 자신을 건들지 않으면 본인도 건들지 않는 그런 사람이라고나 할까?

그렇기 때문에 후배가 자신을 앞지르고 나갔어도 크게 신경 쓰지 않고 검찰청에 남은 것으로 판단했다.

하지만 오늘 만난 그는 그렇게 단순한 사람이 아니었다.

"사람이란, 누구나 감추려고 해도 감출 수 없는 기세란 게 있기 마련이야. 마치 날카롭게 벼려진 한 자루의 검을 보는 느낌이었어."

베고 싶은 것이 없는데, 그리 날카롭게 날을 갈아 놨을 리 없었다.

"분명 뭔가가 있어."

멈칫.

걸음을 멈추고 품속에서 휴대폰을 꺼내 단축번호를 눌렀다.

"……접니다. 오늘 저녁에 잠깐 만나도록 하죠."

❖ ❖ ❖

대한민국 대통령의 임기는 5년. 미국과는 달리 연임이 불가능하다.

그렇기 때문에 임기가 끝나는 시기가 오면, 대통령은 대외적인 활동을 최대한 자제한다.

아무리 임기 중 훌륭한 업적을 많이 남겼다고 해도 어디선가 보이지 않는 실수는 벌어지기 마련이었다.

힘이 있을 당시 그 실수는 터지지 못하고 눌려 있지만, 힘이 사라지면 결국 그동안 쌓였던 고름은 터지기 마련이었다.

이 때문에 대통령 임기 말년의 수행 비서들과 보좌관들은 이 실수를 찾아내기 위해 전력을 기울인다.

향후 대통령직에서 물러났을 경우 그 실수들이 자신들의 목을 죄어들 게 분명했기 때문이었다.

그리고 그건 이제 임기가 얼마 남지 않은 김주훈 대통령 또한 마찬가지였다.

호로록—

수석 비서관을 앞에 두고 자리에 앉아 차를 들이켠 김주훈 대통령이 입을 열었다.

"……처음 이 자리에 앉을 때는 많은 것을 할 수 있으리라고 생각했는데, 막상 시간이 흐르니 5년 동안 뭘 했나 싶습니다."

"그렇지 않습니다. 각하께서는 5년 동안 충분히 많은 일들을 하셨습니다."

"그런가요? 하지만 그건 어디까지나 우리 생각이겠지요. 제가 정말 잘했다면, 초기 70%에 육박하던 지지율이 30% 밑까지 떨어졌겠습니까? 국민들의 마음이 돌아섰다면, 그만한 이유가 있는 겁니다."

"그건······."

"다 내가 부족한 탓이에요."

김주훈 대통령은 당선 직후 적폐 청산, 서민을 위한 대통령이란 타이틀로 승승장구했다.

그러나 어디 세상만사가 뜻대로 흘러가던가?

김주훈 대통령이 추구하는 이상을 실현하기 위해서 해결해야 할 문제는 많았고 보이지 않는 적들은 도처에 널려 있었다.

대통령이라고 해서 모든 것을 뜻대로 입맛대로 할 수는 없었다.

설령 그것이 잘못된 것을 바로잡는 일이라고 해도 말이다.

"참, 박물관 건립 추진은 어떻게 되어 가고 있습니까?"

"비밀을 엄수하며 순조롭게 진행 중입니다. 아마 다음 달 중순이면 오픈 준비가 모두 끝날 겁니다."

수석 비서관의 대답에 김주훈 대통령이 밝은 얼굴로 고개를 끄덕였다.

"그거 다행입니다. 그래도 임기가 끝나기 전에 국민들과의 약속 하나는 더 지켜 낼 수 있겠군요. 다음 달 중에 날을 잡아 기자회견을 준비하도록 하세요."

"알겠습니다. 그런데 각하……."

"얘기해 보세요."

수석 비서관이 잠시 망설이다가 입을 열었다.

"어째서 그런 거래를 했는지 여쭈어봐도 되겠습니까? 만약 개인과 그런 거래를 했다는 사실이 알려지기라도 한다면, 각하께 큰 해가 될 수도 있습니다. 거래를 하지 않아도 충분히 다른 방법이 있었을 겁니다."

"그럴 수도 있었겠죠."

"각하?"

"하지만 결국 그런 제안을 받을 수밖에 없던 것은 우리가 해야 할 일을 제대로 못했기 때문입니다. 우리가 약속을 지켰다면, 그런 제안을 받을 일도 생기지 않았겠죠. 그렇지 않습니까?"

"……."

호록―

다시금 차를 한 모금 들이켠 김주훈 대통령이 말을 이었다.

"1년 전, 그 친구가 내게 그러더군요. 시간이 아무리 흘러도 지워지지 않는 기억들이 있다고요. 맞는 말입니다. 시간이 지나도 절대 지워지지 않는 기억은 있기 마련이죠. 하지만 그래도 치유는 될 거라고 생각을 했는데…… 그것 역시 제가 잘못 생각했던 일이었습니다. 수년이 지났지만, 그분들의 아픔은 여전하더군요."

김주훈 대통령의 눈동자가 먼 곳을 응시했다.

수석 비서관은 말없이 그런 그를 쳐다봤다.

그렇게 얼마의 시간이 지났을까?

눈동자에 초점이 돌아온 김주훈 대통령이 찻잔에 담긴 식어 버린 찻물을 단숨에 비워 냈다.

"그래서 그 친구는 요새 뭘 하고 있습니까? 아직도 연수원에 있는 건가요?"

"아닙니다. 연수원을 수석으로 졸업하고 현재 서울중앙지검으로 들어갔습니다."

수석과 중앙지검이라는 소리에 김주훈 대통령이 잠시 놀란 표정을 지었지만, 이내 이해한다는 듯 고개를 끄덕였다.

"언제 들어도 대단한 사람입니다. 아! 일전에 말했던 대로 국정원에 보관하고 있던 자료는 전부 폐기됐습니까?"

"네. 하지만 사람의 기억까지 지울 수는 없기에, 완벽하다고 볼 수는 없을 겁니다."

"그건 어쩔 수 없는 일이죠."

김주훈 대통령이 알겠다는 듯 고개를 끄덕였다.

그리고는 잠시 생각을 하다가 책상을 손가락으로 두드렸다.

"……이제 남은 약속은 하나뿐이군요."

수석 비서관의 얼굴이 굳어지며 걱정 어린 기색이 떠올랐다.

"정말 그것까지 들어주실 생각이십니까? 각하, 재고해 보실 생각은 없으십니까? 앞서 두 가지는 일이 커져도 무마할 수 있었지만, 마지막은 다릅니다. 그 어떤 대통령도 임기 마지막에 검찰을 적으로 돌린 적은 없었습니다. 각하께서도 잘 알고 계시지 않습니까?"

"하하! 너무 그렇게 걱정하지 마세요. 저 그렇게 많은 죄를 짓고 살지 않았습니다."

"각하!"

"걱정 마세요. 어차피 그가 원하는 건 자신이 하고자 하는 일을 시작하기 위한 잠깐의 혼란입니다. 나처럼 수년이나 되는 시간을 허송세월 보내고 싶지 않은 거겠죠. 그 마음 충분히 이해합니다."

"하지만……."

스윽—

김주훈 대통령이 오른손을 들어 올렸다.

자연스레 수석 비서관이 입을 다물었다.

그 역시 5년 가까이 대통령을 옆에서 보좌했다.

아니, 김주훈 대통령이 후보이던 시절, 그리고 국회의원이었던 기간까지 합친다면 옆에서 모신 지만 수십 년이었다.

이제는 무슨 말을 하더라도 그의 결심을 바꿀 수 없다는 사실을 수석 비서관 또한 알고 있었다.

"수석께서는 가서 서동엽 후보에게 연락을 넣어주세요. 제가 할 말이 있으니, 저녁이나 같이하자고요."

"알겠습니다. 더 하실 말씀은 없으십니까?"

잠시 골똘하게 생각하던 김주훈 대통령이 빙긋 웃으며 말했다.

"검찰청에도 축하 화환 보낼 수 있겠습니까?"

TIME
ROULETTE
타임룰렛

Chapter 123. 살인마

서울 강남대로.

천문학적인 돈을 가진 사람이라 할지라도 변하지 않는
사실은 한 가지가 있다.

그건 돈이 사람을 쓰는 게 아니라 사람이 돈을 쓴다는 것
이다.

따라서 사람이기 때문에 어쩔 수 없이 겪어야 하는 것들
이 있다.

바로 지금의 교통체증처럼 말이다.

페라리, 람보르기니, 부가티, 롤스로이스 등등 움직이는
집이라고 불리는 차량을 끌고 다닌다고 해도 교통체증만큼은

어쩔 수가 없다.

물론 그건 룰렛을 통해 신비로운 힘을 얻은 나 역시 마찬가지였다.

"후우, 퇴근 시간이라서 엄청 막히네. 이거 약속 시간에는 도착할 수 있으려나."

힐끗 시간을 확인하니, 오후 6시 20분.

퇴근 시간, 그중에서도 러시아워에 속하는 시간이었다.

우웅―

답답함에 창문을 열고 고개를 돌리니, 빌딩 전광판에 광고가 흘러나오고 있었다.

"응? 저게 벌써 나왔나?"

전광판에 흘러나오는 영상은 히어로즈5라는 영화의 광고였다.

히어로즈는 우연한 기회에 초능력을 각성한 미국의 대학생이 세상의 악과 싸우는 주제의 영화였다.

개봉 당시 전 세계적으로 엄청난 인기를 끌었으며, 현재 광고로 나오는 영화는 4번째 속편이었다.

광고 영상에서는 서로 이념이 다른 다양한 초능력자들이 도심 한복판에서 목숨을 걸고 싸우는 모습이 나오고 있었다.

"초능력이라……."

사실 따지고 보면 룰렛을 통해 얻은 내 능력 또한 초능력과 별반 다를 게 없었다.

인간을 초월한 육체적인 능력과 현대 과학으로는 설명이 불가능한 스킬을 사용할 수 있으니까.

"음, 분명 한국 어딘가에 다른 여행자들이 존재하고 있을 텐데."

이미 일찌감치 여행자가 나 혼자가 아니라는 사실은 증명되었다.

지금도 M.G 게시판에는 일정 주기로 새로운 글들이 올라오고 있었다.

하지만 보이지 않는 불문율이라도 존재하는 것처럼 그 누구도 현실에서 만나고 싶다는 얘기를 꺼내는 사람은 없었다.

뿐만 아니라 나 역시 룰렛을 얻고 여행을 시작한 지 꽤 오랜 시간이 지났다.

그럼에도 현실에서 여행자를 직접 만난 적도 없으며, 나를 찾아온 사람도 없었다.

"이걸 행운이라고 해야 할까? 아니면 내가 모르는 보이지 않는 힘이 작용한 것일까?"

영화 히어로즈에 등장하는 초능력자는 수십 명이다.

누군가 죽으면, 그 세계관에서는 또 다른 초능력자가 등장하기도 한다.

그리고 그들은 계속 자신의 이념을 지키기 위해 때로는 손을 잡고 때로는 싸우기도 한다.

만약 현실의 여행자들이 그랬다면 어땠을까?

물론 영화처럼 수십 미터의 빌딩에서 떨어져도 멀쩡하고 총을 맞아도 죽지 않는 그런 능력은 내게 존재하지 않는다.

하지만 지금 없다고 해서 앞으로도 없으리란 보장은 없다.

또 이미 그런 능력을 지닌 여행자가 어딘가에는 존재할 수도 있었다.

여행자의 레벨이 오를수록 얻는 혜택과 점차 늘어나는 상점의 물건을 보면, 충분히 가능한 일이었다.

"분명 서로 접촉을 해서 관계를 구축한 여행자들도 존재할 거야."

지금의 나처럼 개인으로 활동하는 여행자도 있겠지만, 서로 힘을 합치거나 동맹을 맺고 있는 여행자도 있을 것이다.

당연히 영화처럼 적대 관계를 지닌 여행자도 존재할 것이다.

그들이 서로 싸운다면, 결과는 하나다.

누군가는 자신을 여행자로 만들어 준 도구를 빼앗길 것이고 그동안 이룬 모든 걸 잃어버릴 것이다.

부, 명예, 권력 심지어는 기억까지 전부 말이다.

"항상 조심하고 대비할 필요가 있어."

어느 날 갑자기 또 다른 여행자가 날 찾아올지 모른다.

그가 무슨 목적을 지니고 있든, 내가 가진 것을 빼앗기지 않고 지키려면 나 역시 지금보다 강해져야 한다.

항상 그 점을 잊으면 안 된다.

빠앙-

잠시 생각에 잠겨 있을 무렵.

뒤쪽에서 클랙슨 소리가 울려 퍼졌다.

어느새 신호는 녹색 불로 바뀌어 있었다.

비상등을 켜서 뒤쪽의 차량에게 사과를 표시한 뒤에 액셀을 밟았다.

그렇게 서서히 막혀 있던 도로가 뚫리기 시작한 지 30분쯤 지났을까?

다행히 시간에 맞춰 약속한 장소에 도착할 수 있었다.

외부 주차장에 차량을 주차하고 문을 열자 깔끔한 외형의 건물이 한눈에 들어왔다.

송파구에 소재한 지상 4층, 지하 2층의 에스퀴아 빌딩은 내가 설립한 경호회사 든솔이 위치한 곳이었다.

꼭대기인 4층에는 마치 대낮처럼 환한 불빛이 흘러나오고 있었다.

잠시 건물을 바라보다가 걸음을 옮기려는 순간, 뒤쪽에서 인기척이 느껴졌다.

동시에 날카로운 기운이 허리를 향해 짓쳐 들어왔다.

"흡."

머리로 상황을 제대로 판단하기에 앞서 몸이 먼저 반응했다.

획—

허리를 비틀어 날카로운 기운을 피한 뒤 곧장 오른 주먹을 내질렀다.

"……!"

하지만 오른 주먹은 상대의 명치를 코앞에 두고 더 나가지 못했다.

기운을 뿌린 주인공은 내가 익히 아는 얼굴이었기 때문이었다.

"다행히 아직까지 경호원은 필요 없어 보이는군요."

검은색 슈트 차림으로 가볍게 고개를 숙이는 남자.

그는 바로 과거 박 팀장이라고 불렸던 박무봉이었다.

"박 대표님, 방금 행동은 뭡니까?"

표정을 굳히며 물었지만, 박무봉은 무덤덤한 표정으로 말했다.

"테스트입니다. 못 피하셨으면, 바로 경호 인력을 붙이려고 했습니다."

"저한테는 경호원이 필요 없다고 말씀드렸을 텐데요?"

"경호 회사와 관련된 일은 저에게 모두 일임한다고 하셨죠. 경호가 필요한 인물을 선정하는 것까지 말입니다."

"박 대표님."

"네, 경청하겠습니다."

"전 정말 괜찮습니다."

진심으로 말했지만, 박무봉은 눈썹 하나 꿈쩍하지 않았다.

"그건 제가 판단하겠습니다. 전 아직 원하는 것을 얻지 못했으니까요. 회장님께서는 그때까지 절대 다치시면 안 됩니다. 실수는 한 번으로 족합니다."

"후우……."

한마디도 지지 않는 박무봉의 태도에 나지막이 한숨을 쉬었다.

'정말 인연이란 게 참 묘하단 말이야.'

박무봉이 날 찾아온 건 지금으로부터 8개월 전이었다.

당시 거의 만신창이가 된 상태로 날 찾아온 그는 충격적인 얘기를 꺼냈다.

민 박사의 실종.

그의 추측으로는 살해당한 것 같다는 얘기였다.

박무봉의 설명에 의하면 상황은 이러했다.

민 박사는 약 2주간의 일정으로 베트남의 주석인 다이꽝을 만나기 위해 출국했다.

그러나 한 달이 지나도 민 박사로부터 그 어떠한 연락도 오지 않았다.

박무봉의 말에 의하면, 그녀와 함께 일을 시작하고 그런 경우는 처음이었다고 했다.

결국, 40일이 지났을 때쯤 일이 잘못됐다고 판단한 박무봉은 급히 비행기를 타고 베트남으로 향했다.

하지만 베트남에 도착해서 민 박사의 행적을 조사하던 박무봉은 또 한 번 충격적인 얘기를 들어야만 했다.

다이 꽝 라인에 접속해서 민 박사의 행적을 알아내려고 했는데, 정작 다이 꽝 쪽에서는 민 박사와 만나기로 약속을 잡은 적이 없었다는 것이었다.

즉, 이에 따른 가능성은 두 가지였다.

다이 꽝 혹은 민 박사가 애초에 거짓말을 했거나 누군가 의도적으로 진실을 감춘 것이다.

박무봉은 베트남에 남아서 은밀하게 조사를 시작했고, 그 결과 후자의 가능성이 더 높음을 알 수 있었다.

다이 꽝을 만나기 위한 것은 아닐 수 있지만, 민 박사가 베트남에 방문한 흔적을 찾아낸 것이다.

그때부터였다.

정체를 알 수 없는 히트맨(hitman)들이 박무봉을 죽이기 위해 찾아들기 시작했다.

히트맨들은 끈질기고 집요했다.

오죽하면 박무봉이 베트남에서 바로 비행기를 타지 못하고 중국을 경유해서 한국으로 들어왔을까?

그 순간 신기하게도 그의 머릿속에 떠오른 사람이 바로 나였다고 한다.

[……생각나는 사람이 당신밖에 없었습니다. 도와주십시오. 난 그 사람에게 반드시 갚아야 할 빚이 있습니다.]

만신창이가 되어서 찾아온 그가 날 향해 꺼낸 첫마디였다.

'이게 무슨 개수작이야?'

반대로 그 말을 듣고 내 머릿속에 떠오른 생각은 바로 이거였다.

그렇지 않아도 증평까지 내려와서 아버지의 뒤를 밟은 일 때문에 거처까지 옮긴 상황이었다.

눈에 보이기만 하면 당장 때려눕힐 생각이었는데, 제 발로 찾아온 것이다.

그러나 유감스럽게도 당시의 박무봉은 한 대라도 때리면 정말 죽을 것처럼 최악의 몸 상태였다.

거기에 정말 빌어먹게도 진실과 거짓 스킬로 확인 결과 그의 말은 진실이었다.

그는 정말 내게 도움을 바라고 찾아온 것이었다.

많은 고민 끝에 난 박무봉을 품고 가기로 결정했다.

어제의 적은 오늘의 친구라고 하지 않았던가?

그렇지 않아도 경호 회사를 맡길 사람을 찾지 못한 상황에서 박무봉은 알맞은 적임자라고 할 수 있었다.

그는 해군 비밀 첩보부대인 UDU 출신이며, 민 박사와 함께 굵직한 일들을 진행해 본 경험이 있었다.

물론 공짜로 도와줄 생각은 추호도 없었다.

그에게 도움을 주는 대신 나 역시 조건을 걸었다.

그가 원하는 것을 전폭적으로 지원하는 대신, 그 뒤로는 나를 도와서 경호 회사를 운영해 달라고 말이다.

거래는 성립되었고 결과적으로 박무봉과 나는 지금과 같은 관계를 유지하게 되었다.

"무슨 생각을 그리 하십니까? 하실 말씀 있어서 오신 것 아니십니까?"

박무봉의 낮은 저음이 상념에 잠겨 있던 날 일깨웠다.

"아! 잠깐 옛날 생각 좀 하느라고요. 그보다 조사를 해 봐야 할 사람이 있어서 찾아왔습니다."

차량의 조수석에서 서류 봉투를 꺼내 박무봉에게 내밀었다.

말없이 서류 봉투를 받아든 박무봉이 안에 담긴 서류를 꺼냈다.

"……신성준?"

"서울중앙지검 특수부 부장 검사입니다. 관련해서 알아볼 수 있겠습니까?"

나도 참 대단하다.

현직 특수부 부장 검사를 아무렇지도 않게 조사해 달라고 말하고 있다.

하지만 이런 부탁을 받는 박무봉의 표정도 별다른 변화가 없었다.

"알겠습니다. 다음 주까지 조사해서 보내 드리도록 하겠습니다."

"고맙습니다. 그런데 그건 그렇고 알아보는 건 진전이 좀 있습니까?"

은근슬쩍 민 박사와 관련된 일을 물었다.

박무봉과 손을 잡고 난 뒤 나 역시 케빈을 통해 민 박사와 관련된 것들을 조사한 적이 있다.

박무봉의 말을 믿지 못해서라기보다 확실한 일처리를 위해서였다.

'결과적으로 박무봉의 말은 전부 사실이었지.'

케빈의 조사에 의하면, 민 박사가 한국에서 베트남으로 출국한 것은 분명한 사실이었다.

문제는 베트남으로 들어간 기록은 있어도 그 이후의 행방은 묘연하다는 것이다.

베트남의 군부대와 경찰 쪽 관련 데이터베이스를 조사

해도 마찬가지였다.

마치 누군가가 지우개로 지운 것처럼 민 박사의 기록은 깨끗하게 사라져 있었다.

"⋯⋯아직은 실마리조차 잡지 못하고 있습니다. 일단은 베트남으로 간 이유를 찾는 것에 집중하는 중입니다."

박무봉이 어두운 얼굴로 중얼거렸다.

"음, 이건 추측이지만 어쩌면 기록을 지운 게 아니라 신분을 세탁시킨 것일 수도 있습니다."

의아한 얼굴로 날 쳐다보는 박무봉을 향해 말을 이었다.

"그러니까 기록을 완전히 지우기는 어려워도 남아 있는 기록을 다른 기록으로 바꾸는 건 어렵지 않다고 하더군요. 몇 번을 그렇게 죽은 사람과 산 사람으로 바꾸다보면, 본래 기록은 의미가 없어진답니다. 찾는 사람도 더 헷갈리게 되고요. FBI나 CIA에서 신분 위장을 할 때 주로 사용하는 방법이라고 하는데⋯⋯."

지금의 말은 케빈이 내게 해 준 것이다.

FBI에서는 신변보호를 요청한 사람에 한해서 신분 위장 프로그램을 가동한다고 했다.

이때 보관하고 있는 기록 자체를 아예 삭제해 버리면, 예상하지 못한 곳에서 변수가 생길 수 있기 때문에 그들은 기록의 삭제보다는 바꾸는 쪽을 선호한다.

즉 케빈이라는 사람이 있다면, 그 사람을 사망처리하고 그와 전혀 다른 사람의 신분으로 케빈이 살아가도록 하는 것이다.

"……박사가 전혀 다른 신분으로 되어 있을 가능성도 있다는 겁니까?"

"어디까지나 가능성입니다. 그러니까 제 생각으로는 민 박사 자체를 찾는 것도 중요하지만, 민 박사가 베트남에 도착한 시점을 기준으로 그곳에서 벌어진 일에 초점을 맞춰 보는 것도 좋을 겁니다."

"베트남에서 벌어진 일…… 알겠습니다."

뭔가 떠오르는 게 있는지 박무봉이 한결 진지해진 표정으로 고개를 숙였다.

"그럼, 다음에 보도록 하죠."

"네, 다음에 뵙겠습니다."

어찌 됐든 오늘 박무봉을 찾은 일은 신성준 부장 검사에게서 느낀 찝찝함의 원인을 찾기 위해서였다.

케빈이 컴퓨터와 인터넷을 활용해서 할 수 있는 일이 있고 또 사람이 직접 움직여야지 찾을 수 있는 정보가 따로 있기 때문이다.

달칵-

운전석의 문을 열고 자리에 앉으니, 걸어가는 박무봉의 모습이 보였다.

"……그나저나 그 빚이란 게 대체 뭘까?"

그는 분명 내게 빚을 갚아야 한다고 말했다.

묻지 않아도 그 대상은 당연히 민 박사일 것이다.

하지만 그 빚이 대체 어떤 빚인지는 묻지 않았다.

직감상 묻더라도 아직은 말해 주지 않을 것이라는 생각이 들었기 때문이다.

그래도 이렇게까지 그녀를 찾는 것을 보면 대충 짐작은 할 수 있다.

목숨 빚.

그게 아니라면 적어도 그에 준하는 빚일 것이다.

"뭐, 시간이 되면 차차 말해 주겠지. 그보다 한동안 게시판을 못 봤는데. 뭐, 새로운 거라도 있으려나?"

주변을 한번 슥 훑어본 뒤 중얼거렸다.

"Manager Gather 오픈."

동시에 눈앞에 게시판 모양의 반투명한 창이 나타났다.

LV.3을 달성하고 개방된 여행자들의 게시판이었다.

이전 여행에서 꽤 포인트를 얻고 난 뒤에는 수시로 게시판을 방문해서 정보를 얻고 있었다.

"어디보자. 딱히 별다른 내용은 없……?"

게시판에 올라온 글의 제목을 빠르게 눈으로 훑을 때였다.

한눈에 봐도 자극적인 제목이 내 눈을 사로잡았다.

[여행자 필독! 미친 살인마가 나타났다!]

해당 게시글의 조회 수는 100이 넘었다.

일반 커뮤니티 사이트 같은 경우 조회 수 100의 글은 일명 망글(망한 글)로 취급받는다.

하지만 여행자들이 찾는 게시판, M.G는 다르다.

애당초 여행자의 숫자가 많지도 않은 것은 물론 게시물을 읽기 위해서는 300TP가 소모된다.

여행자에게 있어서 포인트는 곧 힘이자 능력이었기에, 300TP는 결코 적은 수치가 아니었다.

그런데도 100명이나 되는 여행자가 게시글을 읽었다.

그렇다는 것은 다른 여행자들 또한 제목을 통해 분위기가 심상치 않음을 느꼈다는 뜻이다.

"이번에는 확인을 해 봐야겠는데."

게시글을 선택하자 안내 메시지가 떠올랐다.

[해당 게시물을 읽기 위해서는 300TP가 소모됩니다. 게시물을 열람하시겠습니까?]

"열람."

열람을 함과 동시에 눈앞에서 300TP가 차감되고 게시글의 내용이 떠올랐다.

[첫마디를 뭐라고 시작해야 할까? 난 우연한 기회에 여행자가 된 사람이야.

여행자 레벨도 얼마 전에 4를 달성했으니, 초보는 벗어났다고 할 수 있을 거야. 사실 지금 글을 쓰면서도 계속 망설이고 있어.

나는 고심해서 쓰는 글이지만, 과연 얼마나 많은 사람들이 이 글을 읽어 줄까 하고 말이야.

그래도 이렇게 글을 남기는 건, 나와 친했던 그들을 조금이나마 추모하기 위해서야.]

게시글의 서두는 처음부터 무거운 분위기로 진행되고 있었다.

[여행자가 되기 전에도 사람 사귀는 걸 좋아했던 난 말이야, 여행자가 되고 나서도 여행자 친구들을 제법 사귀었어. 개중에는 현실에서 직접 만난 친구들도 있었지.

다들 처음에는 자기 도구를 빼앗으려는 사람이 아닐까 생각했다고 하는데, 먼저 마음을 열고 다가가니까 금방 친해지더라고.

그런데 최근 들어 그 친구들이 하나둘 사라지는 일들이 벌어지기 시작했어. 여행 실패? 도구 파괴? 맞아, 처음에는 나도 그렇게 생각했지.

161

그런데 다섯 명이나 되는 여행자가 세 달 사이에 모두 그렇게 될 수 있을까? 그들 모두 나와 비슷한 수준의 여행자였는데?

이상함을 느끼고 그들의 죽음을 조사하는 도중 최근에야 그 이유를 알 수 있었어. 아니, 내가 알아냈다기보다는 그 녀석이 날 찾아왔다는 말이 맞을 거야. 맞아, 내가 녀석의 목표가 된 거야.

다행히 운이 좋아 놈에게서 도망칠 수 있었는데, 그 와중에 놀라운 사실 한 가지를 알아낼 수 있었어.

그게 뭔지 알아? 놈이…… 그놈이…… 내 친구들의 스킬을 사용하는 거야.

처음에는 착각이라고 생각했지. 하지만 한 개, 두 개, 세 개. 놈이 사용하는 건 분명 살해당한 내 친구들의 스킬이었어.

그래, 놈은 자신이 죽인 여행자들의 스킬을 사용할 수 있는 특별한 능력을 지니고 있었던 거야.

여행자를 죽이는 이유도 바로 그 때문이겠지. 어쩌면, 이 글이 내가 여기에 올리는 마지막 글일 수도 있을 거야.

그리고 너희들은 나를 거짓말쟁이라고 생각할 수도 있을 거고. 하지만 이 글에 적은 내용은 모두 진실이고 사실이야.

부디 내가 적은 글을 진심으로 믿어 줬으면 좋겠어. 끝으로

나와 함께 했던 여행자들에 대한 이름을 적으며, 조금이나마 너희들이 내 글을 신뢰할 수 있었으면 좋겠어.]

　장문의 길에는 다섯 명의 이름이 적혀 있었다.
　모두 외국인이었기 때문에 내가 아는 이름은 없었다.
　그보다 관심이 가는 부분은 게시글에 달린 댓글의 내용이었다.

　-〈오늘만 가즈아〉 너무 길어. 누가 세 줄 요약 좀⋯⋯.
　-〈동장군〉 바로 스크롤 내렸다. 요약충 나와라.
　-〈나래나래〉 글쓴이는 Lv.4 여행자다. 글쓴이 여행자 친구들이 누군가한테 살해당했다. 글쓴이도 살해한 놈한테 습격을 당했다. 운 좋게 살아남았는데, 그 살인자 놈이 여행자 친구들이 가지고 있는 스킬을 사용했다? 이 정도인가.
　-〈혼술의 제왕〉 Lv.8 여행자다. 그냥 개소리니까 무시해도 좋다.
　-〈LOVE〉 쯧쯧. 설마 했는데 여기까지 관심 종자가 있을 줄은 몰랐네.
　-〈빅 픽처〉 스킬을 빼앗아? 그저 웃고 간다.

　초반에 적힌 댓글은 대부분 부정적인 내용이 대다수였다.

그도 그럴 것이 정산의 방에서 틈이 나는 대로 상점을 살펴봤던 나도 타인의 스킬을 빼앗는 아이템은 보지 못했다.

"하지만 정말 불가능한 것은 아닐 텐데?"

머릿속에 내가 처음 얻었던 특성인 용기가 떠올랐다.

용기는 처음 여행을 끝내고 350TP를 지불하고 구입했던 랜덤상자에서 얻은 능력이었다.

〈용기〉

고유: 특성

등급: C+(성장)

설명: 씩씩하고 굳센 기운으로 두려움과 싸워 이겨 내세요.

이겨 낸다면, 좋은 일이 생길지도 모릅니다.

단, 이겨 내지 못한다면 그만한 대가를 감수해야 할 겁니다.

효과: 효과가 발동할 경우 모든 신체 능력이 30초 동안 두 배로 향상. 상황에 따라 랜덤으로 추가 능력이 부여됩니다.

*해당 특성은 성장할 수 있습니다.

특성 용기가 발동하면, 일정 시간 동안 모든 능력이 두 배로 향상된다.

일반적인 스킬보다 발동 조건이 훨씬 까다롭지만, 그 효과만 보면 능히 A급 스킬과 비교해도 뒤떨어지지 않았다.

용기와 같은 특성도 있는데, 정말 같은 여행자의 스킬을 빼앗을 수 있는 능력 혹은 스킬이 존재하지 않을까?

비단 이런 의문을 가진 건 나뿐만이 아니었다. 게시글의 댓글에는 나와 비슷한 생각을 가진 여행자들의 글들이 달려 있었다.

-〈육육〉 허접들이 입만 털고 있네. 너희들이 아는 게 전부라고 생각하지 마라.

-〈밥은 먹고 사냐〉 게시글 보고 혹시나 해서 머천트한테 문의해 봤다. 글쓴이가 말한 내용과는 조금 다르긴 한데, 흡수 물약을 사용하면 5%의 확률로 상대의 스텟 중 하나를 랜덤으로 빼앗아 올 수 있다는데? 참고로 가격은 10,000TP다.

=〈제갈선생〉 흠, 그럼 스킬을 빼앗아 오는 뭔가가 있다는 것도 가능하겠는데?

-〈SHOT〉 그렇지. 근데 단순히 빼앗는 거라면 굳이 죽일 필요까지는 없잖아? 글의 내용이 사실이라면 5명이 죽은 거고, 알려지지 않은 사람이 더 있을 수도 있는 거 아님?

–〈LONG TIME〉 잠깐! 다들 애초에 글쓴이 글이 거짓이
란 생각은 안 하는 거야?

–〈젤리〉 하긴 거짓말일 수도 있겠네.

–〈TT〉 거짓말은 아닌 것 같아. 글쓴이가 언급한 여행자
중 한 사람은 나도 아는 사람이거든. 여행자가 된 지 얼마
되지 않은 사람이긴 했는데, 이 글을 보고 연락을 해 보니
까 정말 죽은 게 맞았어.

–〈쌈바쌈바〉 뭐? 그럼 진짜 저런 또라이 같은 놈이 있다
고?

–〈떡상〉 흥분하지 말자. 운 좋게 어디서 능력 얻은 놈이
허튼짓거리 벌이는 것 같은데, 그러다가 알아서 사라진다.
지금까지 주제도 모르고 까불다가 어느 순간 사라진 애들
이 한두 명이었어?

M.G의 게시판 기능은 일반 인터넷 게시판과 크게 다를
것이 없다.

단지 모든 것에 포인트가 들어갈 뿐이다. 여행자는 M.G
에서 1,000TP를 소모해 고유 닉네임을 만들 수 있다.

변경을 위해서는 5,000TP가 들어간다.

적지 않은 포인트.

따라서 일단 닉네임을 달고 M.G에서 활동하는 사람 중
에 초보 여행자는 없다고 할 수 있다.

또한, 게시글의 모든 언어는 보는 사람의 국적에 따라서 자동으로 번역된다.

처음에는 몰랐는데, 시간을 두고 차근차근 살피니 누군가가 M.G의 기본적인 사항을 정리해서 올린 글이 있었다.

내가 처음으로 300TP의 거금을 들여서 읽은 글이기도 했다.

"그 게시글을 보기 전까지는 이곳에 있는 여행자들이 모두 한국 사람인 줄 알고 엄청 놀랐었지. 그나저나……."

내 시선이 향한 곳은 게시글의 가장 아랫부분쯤에 달린 댓글이었다.

그 댓글에는 대댓글 형식으로 또 다시 많은 글들이 달려 있었다.

댓글의 주인공은 바로 M.G에서 네임드로 통하는 여행자였다.

일반 게임 혹은 커뮤니티 사이트에서 네임드로 통하는 사람들은 레벨이 높거나 혹은 활동한 경력이 아주 오래된 사람을 뜻한다.

이 여행자의 경우는 후자에 속했다.

-⟨Z⟩ 특성으로 얻은 능력이라면 가능하다. 특성을 얻은 여행자라면 알겠지만, 특성은 스킬과 비슷하면서 조금 다르다.

발동하는 데 제약이 있기 때문이다. 만약 글쓴이가 거론한 살인마의 특성이 다른 여행자를 죽임으로써 그가 지닌 스킬 한 가지를 획득할 수 있는 것이라면? 얘기의 앞뒤가 맞음을 알 수 있다.

그리고 한 가지 더. 우리가 주목해야 할 점은 그 살인자라는 여행자가 다른 여행자를 살해함으로 스킬을 얻었다는 게 아니다.

그것보다 그가 어떻게 5명이나 되는 다른 여행자를 찾았냐는 것이다.

=〈뿡뿡이〉 다른 사람이 남긴 댓글이라면 뇌피셜로 치부하겠지만, 댓글 단 사람이 Z네.

=〈떡쌍〉 이 사람 유명함?

=〈제갈선생〉 여행자 추정 레벨만 15가 넘음. 게시글 맨 끝에 보면, 그때에도 남긴 글이 있음.

=〈떡상〉 헐 진짜네. 개 고수…… 아니 개 여행자!

=〈BEST GUY〉 그러고 보니 그 살인마는 다른 여행자를 어떻게 찾은 거야? 난 지금까지 다른 여행자랑 만난 적이 한 번도 없는데.

=〈파브르〉 마찬가지. 여행지에서는 몇 번 봤는데, 현실에서는 도구 털릴까 봐 쫄려서 못 만나겠던데.

댓글을 남긴 Z라는 사람은 수만 건이 넘는 M.G의 게시글

중에서도 앞 페이지에 활동 기록이 남아 있는 사람이었다.

이 뜻은 그가 그만큼 오랫동안 살아남은 고 레벨의 여행자라는 증거였다.

"그러고 보니 Z라는 사람 말대로 대체 무슨 수로 여행자를 찾은 거지? 아이템? 아니면 스킬?"

여행자를 죽여 스킬을 빼앗았다는 부분 때문에 놓치고 있던 부분이다.

폐쇄적인 여행자들의 성격을 보면, M.G를 통해 정보를 얻었을 리는 만무했다.

그렇다면 과연 무슨 방법을 썼을까?

"준이라면 알고 있을까?"

잠시 머천트 준을 떠올렸지만, 이내 고개를 저었다.

머천트가 알 수 있는 내용이었다면, 이미 누군가가 그에 대한 해답을 게시판에 공유했을 것이다.

하지만 추측이 난무하는 것을 보면, 머천트들도 이에 대한 답을 모르는 것이 분명했다.

조금 더 M.G 게시판을 살펴보다가 이내 눈앞의 창을 지웠다.

게시판은 살인마와 관련된 글을 빼고는 평소와 다를 게 없었다.

또한, 살인마에 대한 글 역시 뒤이어 게재되는 글들로 인해 점차 밀려나고 있었다.

자신과 자신의 주변에서 벌어진 일이 아닌 이상 관심에서 멀어지는 건 당연한 이치였다.

여행자라고 해도 그 근본은 사람이다.

당장 닥치지 않은 일에 대해서는 이기적으로 행동할 수밖에 없었다.

이탈리아 수도 로마.

올해 20살인 세르비아는 길거리를 걸어가며, 손에 들린 회중시계를 바라보고 히죽 웃었다.

그의 할아버지가 보유한 낡은 창고를 청소하다가 우연히 얻은 것으로, 회중시계의 겉에는 드문드문 금박 장식이 세공되어 있었다.

세르비아는 창고에서 얻은 회중시계를 골동품 가게에 팔 계획을 가지고 있었다.

만약 시계가 작동이 되면, 더 비싼 값을 받을 수 있지 않을까 하는 생각으로 시계의 태엽을 감아 보지 않았다면, 세르비아는 분명 골동품 가게에 시계를 팔았을 것이다.

그러나 시계의 태엽을 감는 순간, 세르비아는 자신의 인생을 바꿀 수 있는 엄청난 물건을 손에 넣었음을 깨달을 수 있었다.

"크크. 이것만 잘 활용하면 난 부자가 될 수 있어! 평생 놀고먹을 수 있다고!"

걸음을 멈춘 세르비아가 탐욕 어린 눈동자로 회중시계의 태엽 부분을 쳐다봤다.

회중시계는 영화 속에서나 등장할 것 같은 신비로운 능력을 갖고 있었다.

태엽을 건드리면, 시침과 분침이 눈에 보이지 않을 속도로 돌아간다.

그렇게 동작이 끝나고 나면, 세르비아는 도시 로마에 사는 전혀 다른 사람이 되어 있었다.

회중시계는 태엽이 돌아가는 횟수에 따라서 자신을 과거의 다른 사람으로 만들어 주는 능력을 갖고 있던 것이다.

처음 한두 번은 마땅한 활용 방법을 찾지 못했다.

갑작스러운 상황에 당황하기도 했지만, 애초에 대상이 너무 안 좋은 것도 문제였다.

첫 번째는 거지였고 두 번째는 어린 아이였으니까 말이다.

하지만 세 번째로 태엽을 돌리고 보석상이 된 순간, 세르비아는 회중시계를 어떻게 사용해야 하는지를 알 수 있었다.

보석상이 됐을 당시 혹시나 하는 마음에 땅속에 보석들을 묻었고, 현실로 돌아와 확인해 보니 자신이 묻은 보석들이 그대로 놓여 있었다.

그렇게 보석을 팔아서 얻은 돈이 무려 만 유로였다.

"보석보다 더 비싼 거 없나? 한 방에 왕창 땡길 수 있는 그런 거 말이야. 그래! 그림 같은 게 좋겠어. 어차피 내 몸도 아닌데, 한탕 제대로 해서 땅 속에 묻어 두면…… 크크."

상상만으로도 행복한 기분에 입이 귀에 걸린 세르비아가 걸음을 빨리 옮겼다.

보석을 팔아 마련한 돈으로 인근 친구들을 모두 불러 파티를 열 예정이었다.

어차피 돈이야 회중시계를 몇 번 돌리면, 얼마든지 벌 수 있었다.

그렇게 파티 장소를 향해 얼마나 걸었을까?

툭—

어깨에 느껴지는 둔탁한 느낌에 세르비아가 인상을 일그러트리며 고개를 돌렸다.

"당신 뭐야? 사람을 쳤으며 사과를 해야 할 거 아니야!"

"……."

"하! 어이가 없네. 사람을 치고 그렇게 쳐다보기만……."

화를 내던 세르비아는 순간 이상한 느낌을 받았다.

'한여름에 왜 검은 코트를 입고 있는 거야? 그리고 저 이상한 모자는 또 뭔데?'

그의 어깨를 친 사내는 목부터 발끝까지 내려오는 검은 코트를 입고 있었다.

현재 온도가 20도가 넘는다는 점을 고려하면, 아무리 패피라고 해도 코트를 입고 활보할 리가 없었다.

미친 사람이 아닌 이상에는 말이다.

게다가 쓰고 있는 모자도 이상했다.

언젠가 봤던 좀비 영화의 좀비들처럼 손을 뻗고 있는 이상한 시체들이 모자에 각인되어 있었다.

"이, 이봐 다음에는 조심해."

알 수 없는 찝찝함에 세르비아가 뒷걸음질로 몸을 돌리려는 순간이었다.

탁―

마치 얼음이 닿은 것처럼 어깨 위로 한기가 느껴졌다.

"세르비아."

남자에게서 흘러나오는 묵직한 저음.

놀란 세르비아가 재빠르게 물러서려는 순간이었다.

푹―

날카로운 뭔가가 그의 심장을 뚫고 들어왔다.

"커헉."

두 눈이 부릅떠진 세르비아가 고개를 숙여 자신의 가슴팍을 바라봤다.

붉은 눈을 빛내는 해골이 달린 검이 심장에 박혀 있었다.

'미, 미친 자식! 누가…… 누가 나 좀 살려 줘!'

이제 곧 로마 제일의 부자가 될 수 있다고 생각했던 세르비아가 울부짖었다.

'이봐! 아무도 없어? 미친놈이 길거리에서 날 칼로 찔렀다고! 경찰! 아니 누구라도 좋아. 제발…… 누구든…… 누구든…….'

하지만 그의 간절한 외침은 소리 없는 아우성에 불과했다.

그렇게 세르비아의 의식이 서서히 끊어지던 그 순간.

푸스스-

거짓말처럼 한 줌의 검은 연기가 된 세르비아가 그 자리에서 사라져 버렸다.

텅-

동시에 세르비아가 손에 꼭 쥐고 있던 회중시계가 주인을 잃고 바닥에 떨어졌다.

스윽-

잠시 주변을 살피던 사내가 손을 뻗어 바닥에 떨어진 회중시계를 집어 품에 넣었다.

그리고 마치 아무 일도 없었던 것처럼, 처음 모습을 드러냈던 어두컴컴한 골목길로 몸을 숨겼다.

Chapter 124. 검사 한정훈

   목표한 대로 검사가 됐지만, KV 그룹을 향해 칼을 빼드는 것은 아직 시기상조였다.

   완벽하게 옭아맬 수 있는 자료가 있다고 해도 KV 그룹은 국내뿐만 아니라 해외에서도 그 이름이 널리 알려진 공룡 기업이었다.

   증거와 자료만 가지고 덤벼들었다가는 오히려 나라는 인간이 그들을 노리고 있음을 알려 주는 꼴밖에 되지 않았다.

   또한 신임 검사가 다짜고짜 대기업을 수사하겠다고 하면, 검찰청 내에서도 이런저런 말이 나올 게 분명했다.

벌써부터 용돈을 받아 챙길 스폰서 기업을 구한다고 말이다.

그렇기 때문에 일단은 검찰청 내에서 나름의 입지를 구축할 필요가 있었다.

방법은 간단했다.

검찰청 내에서 골머리를 앓는 굵직한 사건들을 해결하는 것이다.

그렇게 된다면 내가 원하지 않아도 자연스레 기업 관련 사건들이 넘어오게 될 것이다.

"어? 이 사건 검사님이 맡으셨어요?"

책상에 쌓인 산더미 같은 서류를 살피던 박동철 계장이 머리를 긁적거렸다.

그의 손에는 노란색 파일철이 들려 있었다.

가장 앞에는 검은 매직으로 오민철 사건이라고 적힌 글귀가 보였다.

"오늘 아침 부장님이 주시기에 받아 온 사건인데, 무슨 문제라도 있습니까?"

"에…… 그게 그러니까……."

박동철 계장이 말을 삼켰다.

민희선 실무관이 모니터에서 시선을 떼고 말했다.

"오민철? 오민철이라면 작년에 검사님들 여럿 물 먹였다는 그 사람 아니에요?"

"물을 먹여요?"

"검사님, 혹시 작년 1월에 터진 마성 재단 사건 기억하세요?"

"마성 재단 사건이면……."

연수원에서 읽고 또 읽었던 수많은 사건들과 판례들이 스쳐 지나갔다.

그중 기억 저편에 가라앉아 있던 사건 하나를 수면 위로 끄집어 올렸다.

"기억합니다. 마성 그룹 비자금과 관련해서 세탁 역할을 했다고 알려진 곳 아닙니까?"

마성 그룹은 국내 재계 20위권에 있는 대기업으로 보험, 증권, IT, 사회공헌 분야 등의 계열사를 보유한 그룹이었다.

작년 1월, 검찰청은 마성 그룹이 마성 문화 재단을 통해 1천억 원 대의 비자금을 조성하고 있다는 정황을 포착했다.

특수부에서는 은밀히 수사를 진행했고 결과적으로 마성 재단을 통해 그룹의 비자금이 조성되는 증거를 확보할 수 있었다.

문제는 제보를 받은 것과 달리 찾아낸 비자금이 백억 정도에 불과했다는 것이다.

백억 또한 적은 액수는 아니었다.

하지만 당시 조사 규모를 생각했을 때 특수부 입장에서는 만족할 수 있는 결과가 아니었다.

"에…… 맞습니다. 그리고 당시 재단 재무팀장이었던 오민철이 그룹 비자금 조성과 관련해서 키를 쥐고 있는 인물이었습니다. 덕분에 소환까지 해서 강도 높은 조사를 하긴 했는데, 결과적으로는 이렇게 되고 말았습니다."

스윽-

자리에서 일어난 박동철 계장이 손에 들고 있던 파일을 내 책상 위에 올렸다.

"……무혐의?"

재단의 재무팀장이라면, 이사장과 더불어 실질적으로 돈을 움직이는 사람이라고 할 수 있다.

즉, 어떤 식으로든 비자금 조성과 관련해서 관계가 있을수밖에 없다.

그런데 무혐의라니?

"내부 고발? 검찰청이랑 그런 거래라도 있던 겁니까?"

민희선 실무관의 시선 역시 박동철 계장에게로 향했다.

그녀 역시 해당 사건과 관련해서 알고 있는 것은 그리 많지 않았다.

박동철 계장이 어깨를 으쓱거리며 말했다.

"그럴 리가요. 만약 그랬다면 고작 100억밖에 못 찾았을까요? 아, 100억이 고작은 아니죠. 아무튼 당시 조사에 의하면, 정황상 오민철은 아무것도 모르는 게 맞았다고 합니다.

재무팀장이긴 했지만, 흔히 말하는 바지 사장 같은 역할이었고요. 실제로 모든 업무는 부팀장이 도맡아 진행했다는 거죠."

"그게 말이 됩니까?"

"암요. 말이 안 되죠. 그래서 당시 담당 검사님이 한 달을 내리 파고들었는데, 결국 오민철은 무혐의 판결이 났습니다. 그런데 그 사건이 어쩌다가 우리 검사님한테 다시 왔을까나. 부장 검사님께서 별다른 말씀은 없으셨습니까?"

"별다른 말씀은 없었습니다."

볼을 긁적거리는 박동철 계장을 뒤로하고 책상에 놓인 파일철의 서류를 빠르게 넘겼다.

사각- 사각-

그러다가 눈에 띄는 이름이 하나 발견되었다.

"최종 판결 징역 1년 1개월. 마성훈?"

"에…… 오너 일가입니다. 마성 그룹 셋째로, 당시 마성 보험 상무였죠. 마성 재단을 통해 비자금을 만들어서 자사의 주식을 매입, 그룹 후계 구도에서 우위를 잡기 위해 그와 같은 짓을 저질렀다고 자백했습니다."

"오너 일가가 징역형을 받았다고요? 비자금이 조성된 재단의 재무팀장이란 사람은 무혐의 처리가 났는데요?"

대한민국에서 재벌 공화국이란 말이 왜 생겼을까?

재벌은 죄를 짓고도 처벌받지 않고 호의호식하며 살아가기 때문에 위와 같은 말이 생겨난 것이다.

그런데 부하 직원은 무혐의를 받은 반면, 오너의 가족이 죄를 인정하고 감옥에 갔다?

안타깝게도 그런 말을 순순히 믿을 만큼 난 깨끗한 사람이 아니었다.

박동철 계장이 연이어 머리를 긁적거렸다.

"에…… 당시 정황이 그러했으니까요."

"정황은 언제나 바뀌기 마련이죠. 그래서 이 오민철이라는 사람은 지금 뭐하고 있습니까?"

사건의 규모를 보면, 설령 무혐의 처리가 났다고 해도 마성 그룹에서 오민철을 그냥 둘 리가 없었다.

"그게 또 신기합니다. 여전히 마성 재단의 재무팀장으로 근무하고 있습니다."

"……."

뭔가 냄새가 난다.

그것도 아주 골 때리는 냄새가 말이다.

그리고 이런 냄새를 맡은 건 나뿐만이 아니었다. 얘기를 듣고 있던 민희선 실무관 역시 어이없는 표정과 목소리로 중얼거렸다.

"……마성 그룹 엄청나네요. 영화에서 보면, 이런 경우에는 보통 흥신소나 킬러들을 시켜서 죽여 버리고 그러잖아요. 뭔가 약점이라도 잡힌 건가? 그것도 아니면 혹시 회장의 숨겨진 사생아나 배다른 가족?"

"에이! 희선 씨, 가도 너무 갔다."

"헤헤, 제가 요새 드라마를 너무 많이 봤나 보네요."

자신이 생각해도 어이가 없었는지 민희선 실무관이 혀를 쏙 내밀고 웃었다.

하지만 내 생각은 달랐다.

"아니요. 가능성은 충분합니다."

"네? 지, 진짜요?"

"드라마보다 더 막장인 일들이 벌어지는 게 요즘 현실 아닙니까? 아닌 말로 마성 그룹 회장의 숨겨진 동생일 수도 있는 노릇이죠."

"에…… 검사님 아무리 그래도 마성 그룹 회장은 올해 나이가 70이 넘은 것으로 알고 있습니다. 그에 비해 오민철은 30대 중반인데, 배다른 동생은 좀……."

"어디까지나 가능성을 열어 두자는 겁니다. 일단 사건을 받아 왔으니, 수사를 해야겠지요. 희선 씨는 당시 마성 그룹 비자금과 관련한 파일들을 찾아 주세요."

"네, 알겠습니다."

"계장님께서는 오민철과 마성훈의 최근 동향에 대해서 알아봐 주시기 바랍니다. 여기 날짜를 보면 마성훈의 출소 시점이 얼마 안 남았네요. 만약 두 사람 사이에 정말 뭔가가 있었다면, 지금 시점에서 예상하지 못한 움직임이 있을 수도 있습니다."

기록대로라면, 마성훈의 출소는 오늘을 기점으로 대략 한 달 정도가 남아 있었다.

"네, 알아보도록 하겠습니다."

박동철 계정이 고개를 끄덕이고는 자리로 돌아갔다.

다만 표정이 편해 보이지는 않았다. 물론 그의 입장이 이해가 가지 않는 것은 아니었다.

이미 1년 전.

특수부에서 범인을 찾아내고 종결시킨 사건이었다.

그런데 재조사가 진행된다는 건 당시의 사건 조사가 제대로 이뤄지지 않았다는 반증이었다.

자칫 검찰청 내부에서도 이런저런 말들이 나올 수 있었다.

'어찌 됐든 뭔가 찝찝함이 있으니, 나한테 이 사건을 맡긴 거겠지. 그리고 그렇다는 건 부장 검사는 뭔가 알고 있는 게 있을 수도 있다는 건데.'

머릿속에 신성준 부장 검사의 얼굴이 떠올랐다. 그는 내게 이번 사건을 맡기면서 그저 잘해 보라는 한마디밖에 하지 않았다.

가볍게 흘려들을 수도 있지만, 말이란 게 상황과 해석에 따라서 다양하게 변하기 마련이었다.

'만약 이게 당신의 첫 시험이라면, 만족스러울 만한 결과로 답안지를 제출하도록 하죠.'

드륵—

자리에서 일어서며 한쪽에 걸어두었던 코트를 챙겼다.

"저 잠시 나갔다 오겠습니다. 무슨 일 있으면, 전화주세요."

TV속 드라마나 영화에 나오는 검사들 같은 경우 걸핏하면 겉옷을 챙겨 밖으로 나도는 모습이 자주 나온다.

잘 모르는 사람이 이와 같은 장면을 본다면, 검사라는 직업은 외출이 자유로운 것처럼 보이지만 실상은 제 살 깎아먹기다.

팀워크를 발휘해서 업무를 진행하는 일반 회사와 달리 검사는 독립적으로 일을 처리한다.

다시 말해서 내가 일을 끝내지 못했을 경우 다른 사람이 업무를 대신 처리해 줄 수 있는 회사와 달리, 검사는 일과 시간에 외출을 하면 할당받은 업무가 모두 정지된다.

즉, 자리를 비우면 비울수록 야근을 하게 될 확률이 올라가는 것이다.

우웅—

[보스, 말씀하신 오민철에 대한 자료예요.]

케빈이 보내온 한 통의 문자.

동시에 오민철의 신상정보를 비롯해 계좌와 관련된 서류들이 휴대폰으로 전송되어 왔다.

민희선 실무관과 박동철 계장에게 조사를 부탁하기는 했지만, 애초에 이미 한 번 종결된 사건이었다.

두 사람의 능력을 의심하는 것은 아니지만, 그렇다고 새로운 단서나 기존에 놓치고 있던 뭔가를 찾아낼 수 있기는 힘들 것이다.

결국, 이 사건을 해결하기 위해서는 직접 발로 뛰고 검찰청 밖의 사람들을 동원하는 수밖에 없었다.

"……흐음, 계좌상으로는 특별히 이상한 건 없네?"

오민철의 계좌에는 매달 월급이 들어오거나 공과금이나 보험비가 출금된 것과 같은 기록밖에 없었다.

신상정보 역시 이번 비자금 사건에 휘말리기 전까지는 범죄 기록은커녕 경찰서를 방문한 적도 없었다.

오민철은 그 흔한 교통 범칙금조차 낸 적이 없는 모범 시민이었다.

"물론 기록이 깨끗하다고 해서 착한 사람이라고 할 수는 없지."

연수원 생활을 하면서 수많은 사례를 봤다.

개중에는 수천억이 넘는 돈을 해먹고도 서류상으로는 먼지 하나 안 나오는 사람도 있었다.

그뿐인가?

거대 기업의 총수들을 말 한마디로 오라 가라 할 수 있는 힘을 지녔으면서도 TV에 거론조차 되지 않았던 인물도 있었다.

정보란 건, 결국 그것을 찾는 사람 혹은 그만큼 아는 사람에게만 보이기 때문이다.

"이거 나랑 대학 동문이셨네. 한국대학교 경영학과 출신에 경영대학원은 하버드에서 나왔네? 하긴 이 정도 학벌이니 서른여섯이란 나이에 재무팀장까지 올라갔겠지."

학벌을 보지 않는 능력 중심의 채용?

그건 어디까지나 어느 정도 수준에 한해서다.

오민철처럼 압도적인 학벌을 지닌 사람이라면, 국내의 수많은 기업에서 알아서 모셔 가려고 했을 것이다.

"이런 사람이 고작 재단의 재무팀장으로 만족했다? 야심이 없는 건가 아니면……."

처음부터 무슨 꿍꿍이가 있던가.

"게다가 박 계장님의 얘기에 따르면 오민철은 일명 바지사장, 팀장에 불과했다고 했지. 거의 모든 업무는 부팀장이란 사람이 처리했고 말이야."

부팀장이란 사람이 오민철보다 능력이 더 뛰어났다면, 불가능한 상황은 아니었다.

하지만 그랬다면, 팀장의 자리는 진즉 그 부팀장이란

사람이 차지했을 것이다.

대기업의 생리란 게 그리 호락호락한 게 아니었다.

머릿속에 오민철에 대한 정보가 차곡차곡 정리되면서, 다양한 가능성이 떠올랐다.

"하지만 만약 검찰청에서 파악하지 못한 인맥이나 연줄이 그에게 있었다면?"

대한민국 회사에서 학벌과 실력을 가볍게 찍어 누를 수 있는 것이 바로 인맥과 연줄이었다.

박동철 계장이 막장이라고 했던, 민희선 실무관의 얘기가 떠올랐다.

"가능성이 없는 건 아니지."

박동철 계장에게 메시지 하나를 보냈다.

[당시 마성 재단 재무 부팀장이 누구였는지 확인 부탁드립니다.]

더불어 케빈에게도 다시 문자 하나를 보냈다.

[마성 그룹에서 한국대학교 출신 또는 하버드 대학이나 대학원 출신이 누가 있는지 전부 찾아서 보내. 마성 그룹 회장의 주변 관계도 알아보고.]

메시지를 모두 보내고 차량에서 잠기 대기하고 있을 무렵이었다.

똑- 똑-

유리창을 두드리는 소리에 고개를 돌리니, 검은색 오토바이 헬멧을 쓰고 있는 사람이 창 너머로 보였다.

위잉.

창문을 내리자 헬멧을 쓰고 있던 사람은 말없이 손바닥 크기의 박스를 건넸다.

"수고했어요."

박스를 받아 들고 인사를 건넸다.

말없이 고개를 꾸벅 숙여 보인 그는 곧장 오토바이를 몰고 사라졌다.

찌익-

박스 안에는 동전 크기의 부속품과 손바닥보다 작은 무전기, 그리고 한 장의 메모지가 들어 있었다.

"역시 전직 특수부대 출신이라서 그런지 재주가 남다르다니까."

든솔의 박무봉 대표를 떠올리며, 입가에 미소를 지었다.

해당 물건은 특수하게 제작된 무선 도청기였다. 동전 크기의 부속품을 원하는 장소에 설치하면, 반경 5km 안에서는 무전기를 이용해 도청이 가능했다.

뿐만 아니라 무전기를 통해 부속품을 원격 파괴할 수 있어, 도청 이후 흔적을 제거하는 것 이외에 휴대용 폭탄으로도 사용이 가능했다.

"일단 물건은 해결했고. 그럼, 슬슬 시작해 볼까?"

서울 양천구 마성 재단.

재무팀장 오민철은 안내 데스크 직원에게 걸려온 전화를 받고 고개를 갸웃거렸다.

"한빛 일보라는 곳에서 날 취재하고 싶다고요?"

[네, 약속은 미리 잡지 못하셨다고 하던데. 어떻게 할까요? 돌려보낼까요?]

"흐음, 들어 본 적 없는 신문사인데. 돌려보내도록 하세요."

[알겠습니다.]

막 수화기를 내려놓으려는 순간 오민철의 머릿속에 스쳐 지나가는 생각이 있었다.

"아! 잠시만요."

[네?]

"일단 제가 잠시 자리를 비웠다고 말해 주고 커피 한 잔 내주도록 하세요. 제가 잠시 후에 다시 전화하겠습니다."

[알겠습니다. 그럼, 일단 접견실로 모시도록 하겠습니다.]

"네, 고마워요."

안내 데스크 직원과 통화를 끝낸 오민철은 곧장 PC로 눈을 돌렸다.

그리고는 재빨리 한빛 일보에 대해 검색하기 시작했다.

"생긴 지는 2년 정도 됐고, 대부분이 다른 신문사의 경력직 기자들이네? 평가도 나쁘지 않고."

오민철이 집중한 건 한빛 일보의 기자들이 쓴 기사의 댓글들이었다.

–〈JJRE**〉 역시 객관적으로 쓰는 신문사는 한빛 일보밖에 없네.

–〈HREE**〉 사이다 지리고요~ 기자가 쓴 글 보니까 시원하다.

=〈GDSE**〉 22222

–〈WDDQQ**〉 요새 여기 기사 많이 보이던데 여기 어디 그룹에서 운영하는 곳임?

=〈WQDDF**〉 찾아보니까 개인 사업자던데.

=〈DWQDZX**〉 개인 사업자가 운영해서 똥꼬 빠는 기사 안 써도 되나 보네.

-〈WDQDD**〉 난 다른 건 모르겠고 한빛 기사는 광고
가 없어서 제일 좋음. 다른 신문사 기사는 광고를 보라는
건지 기사를 보라는 건지.

-〈HDBBWE**〉 한빛 일보 가즈아!

=〈DBDS**〉 코인충 아웃

대부분의 댓글들이 광고가 없어서 좋다는 것과 정부와
재벌들을 위한 기사가 아닌 현실을 반영한 팩트 있는 기사
가 마음에 든다는 내용이었다.

그렇게 몇 개의 기사를 더 살펴본 오민철은 이내 마음의
결정을 내리고 수화기를 들었다.

[네, 안내 데스크입니다.]

"조금 전 한빛 일보에서 오신 기자 분 있죠? 지금 3층 회
의실로 안내해 주세요."

마성 재단은 재단이라기보다는 어지간한 중소기업보다
큰 덩치를 갖고 있었다.

사옥으로 사용하고 있는 건물은 계란처럼 타원형의 외형
을 갖추고 있었는데, 2012년 한국 건축문화 대상을 수상한
이력까지 가지고 있었다.

"수백만 원짜리 그림을 접견실에 걸어 놓다니. 복지 재
단치고는 너무 화려한 거 아닌가?"

접견실 벽에는 다양한 그림들이 줄을 맞춰 걸려 있었다.

과거였다면 그저 단순한 그림이라고 치부했겠지만, 다양한 여행자의 기억이 남아 있는 내게는 그 그림의 가치가 한눈에 보였다.

뿐만 아니라 접견실을 꾸미기 위해 진열되어 있는 도자기나 화분들도 하나같이 고가의 작품들이었다.

어려운 사람을 돕기 위해 설립된 복지 재단의 접견실이 수천만 원 이상의 예술품으로 꾸며져 있다는 것을 알면, 과연 세상 사람들이 뭐라고 할까?

물론 평범한 사람들이 복지 재단을 방문하는 경우가 살아생전에 한 번 있을까 말까 하겠지만, 그래도 좋은 소리는 듣지 못할 것이다.

"뭐, 그래도 커피 맛은 좋네."

데스크 직원이 가져다 준 커피와 다과를 먹으며, 접견실에서 얼마나 기다렸을까?

끼익-

문이 열리며 처음 안내를 해 줬던 직원이 모습을 드러냈다.

"오래 기다리셨죠? 지금 재무팀장님께 안내해 드리겠습니다."

"아, 감사합니다."

자리에서 일어나 직원을 따라간 곳은 건물 3층의 왼쪽 끝에 위치한 방이었다.

똑- 똑-

"팀장님, 손님 모셔 왔습니다."

"들여보내세요."

방의 안쪽에서 중저음의 목소리가 흘러나왔다.

"그럼, 전 이만 실례하겠습니다."

안내 직원이 걸어가는 모습을 잠시 지켜보다가 이내 속으로 숨을 골랐다.

'자, 그럼 시작해 볼까?'

끼익-

회의실로 보이는 방의 상석에는 사내 한 명이 앉아 있었다.

굳이 누가 설명을 하지 않아도 그가 오민철이란 사실은 어렵지 않게 알 수 있었다.

'사진보다는 실물이 괜찮네.'

서류상의 기록으로 오민철의 올해 나이는 36살이다.

그러나 실제로 보니, 상당히 동안이었다.

많이 봐줘야 30살 초반?

조금 더 본다고 해도 32~33살 정도의 얼굴로 보였다.

'키도 상당히 크고 체구도 좋네. 하버드 시절에 미식축구를 했다고 했지?'

181cm의 키를 지닌 그는 체격 또한 건장했다.

자료에 의하면, 하버드를 다니던 시절 미식축구를 했다고 하는데 아무래도 그때의 영향이 남아 있는 것 같았다.

어찌 됐든 오민철은 외모만 본다면, 오히려 스포츠 스타에 가까운 생김새를 지니고 있었다.

스윽—

오민철이 자리에서 일어서며 손을 내밀었다.

"반갑습니다. 마성 재단 재무팀장 오민철이라고 합니다. 인터뷰를 하고 싶다고요?"

"네, 한빛 일보 한이성 기자입니다."

가명으로 소개를 함과 동시에 품에서 명함 한 장을 꺼내 오민철에게 내밀었다.

명함에는 당연히 한빛 일보의 마크와 한이성이란 이름이 적혀 있었다.

실제로 한빛 일보에는 한이성이라는 이름을 가진 직원이 등록되어 있었다.

오늘과 같은 상황을 대비해, 차태현 국장과 사전에 합의를 해서 가공의 인물을 만들어 둔 것이다.

"한이성 기자님이라…… 아! 일단 앉으시죠."

오민철이 자리를 안내하고는 자신 역시 자리에 앉았다.

"그런데 무슨 인터뷰를 하려고 찾아오신 겁니까?"

"……음, 아시겠지만 세계적으로 봤을 때 국내의 복지 재단들은 규모나 환경적으로 상당히 열악한 환경이지 않습니까? 그럼에도 불구하고 마성 재단 같은 경우에는 십 년이 넘는 기간 동안 탄탄하게 운영되며 모범 사례로 꼽히고 있습니다. 이에 재단 관리에 대한 노하우를 특집 기사로 써 보고 싶어 인터뷰를 요청하게 됐습니다."

급조한 설명이었지만, 오민철의 입가에는 미소가 걸렸다.

"하하! 노하우라고 할 게 있나요. 그냥 열심히 하는 거죠."

"그러지 말고 작은 경험담이라도 좋으니, 얘기해 주시면 안 될까요?"

"흐음."

고민하는 오민철을 향해 재빨리 말을 이었다.

"향후 대한 그룹과 KV 그룹 소유의 재단도 인터뷰를 진행할 예정입니다. 그룹의 규모야 그쪽이 더 크다고 하지만, 재단을 운영해 온 시간은 마성이 더 오래 됐습니다. 그런 마성 재단의 내용만 누락된다면 모양새가 좀 그렇지 않습니까?"

오민철의 왼쪽 눈썹이 살짝 올라갔다.

"대한과 KV 그룹의 재단도 인터뷰하실 생각이십니까?"

"아무래도 특집 기사이니까요. 기회가 되면, 희망 재단도 인터뷰를 요청할 예정입니다."

"희망 재단이라……."

잠시 생각을 하던 오민철이 이내 고개를 끄덕였다.

"뭐, 좋습니다. 그럼, 어디서부터 얘기해 드릴까요?"

"처음 재단에 입사한 시절부터 얘기를 들을 수 있을까요? 아, 녹음 괜찮으시죠?"

휴대폰을 꺼내 보이자 오민철은 별다른 의심 없이 괜찮다는 제스처를 취해 보였다.

"음, 그러니까 제가 마성 재단에 입사한 건 지금으로 8년쯤 된 것 같군요. 한국 나이로는 28살이었죠. 당시 저는……."

그렇게 특집 기사라는 이름 아래 2시간 정도 가짜 인터뷰를 진행했을까?

처음에는 경계심을 보이던 오민철의 모습이 서서히 풀리는 것이 느껴졌다.

아무래도 계속해서 자신의 얘기를 하고 있으니, 앞에 있는 내가 굉장히 친한 사람처럼 느껴졌기 때문일 것이다.

하지만 그럴수록 그를 바라보는 내 눈동자는 차가워졌다.

그는 지금까지 내가 만나 본 사람들 중 처음 만나는 부류였다.

"……해서 지금까지 오게 됐습니다."

"대단하시군요. 좋은 말씀 정말 잘 들었습니다."

"하하! 좋은 말씀이라고 할 게 뭐 있나요. 그냥 평범한 샐러리맨의 얘기인데."

편하게 웃는 오민철을 바라보며 휴대폰의 녹음 버튼을 종료했다.

"인터뷰는 여기까지 하겠습니다. 다음은 기사에 올릴 사진이 필요한데, 사진 한 장 괜찮으시겠습니까?"

"물론이죠. 여기서 하면 되겠습니까?"

인터뷰를 요청할 때에 비해 한결 밝아진 얼굴로 오민철이 자리에서 일어섰다.

'사진 찍는 걸 좋아하는 건가?'

사소한 것일 수도 있지만, 원래 추리란 사소한 것에서부터 시작하는 법이었다.

관련 사항을 머릿속에 기억을 해두고 애매한 표정으로 말했다.

"……여기서 찍어도 좋겠지만. 이왕이면 팀장님 방에서 일하고 있는 모습을 찍으면 어떨까요?"

"제 방이요?"

"연예인 프로필 사진처럼 찍는 것보다는 아무래도 성공한 직장인의 모습으로 나오는 게 많은 사람들이 더 공감하고 부러워할 수 있을 테니까요."

"성공한 사람이라…… 그거 좋네요. 그렇게 하시죠. 자, 그럼 제 방으로 갑시다."

확실히 재단의 재무팀장 정도 되는 위치에 있다 보니, 오민철은 개인 사무실을 사용하고 있었다.

개인 사무실 또한 접견실 못지않은 화려함을 자랑했다.

"잘 부탁드립니다."

"네, 그럼 찍겠습니다."

미리 준비한 카메라로 자리에 앉아 일을 하고 있는 콘셉트를 취한 오민철을 찍기 시작했다.

찰칵! 찰칵!

몇 장의 사진을 연달아 찍었을까? 오민철의 눈치를 살피다가 말했다.

"저 팀장님, 죄송한데 물 좀 얻어 마실 수 있을까요?"

"물이요? 잠시만요."

자리에서 일어난 오민철이 사무실의 냉장고에서 생수를 꺼낼 때였다.

그사이 재빨리 호주머니에 있던 동전 모양의 도청기를 꺼내서 소파의 틈새로 밀어 넣었다.

"……여기 있습니다."

그리고는 아무 일도 없던 것처럼 오민철이 건네는 생수를 받아 마셨다.

꿀꺽- 꿀꺽-

"후우, 이제야 좀 살겠네. 오늘 인터뷰에 응해 주셔서 정말 감사합니다. 기사가 완성되면, 메일로 보내 드리겠습니다."

"그래주시겠습니까?"

"당연하죠. 잘못된 기사를 내보낼 수는 없으니까요."

"하하! 참, 이럴 게 아니라 고생도 하셨는데 저랑 술 한 잔하시는 게 어떻습니까? 저도 얼추 퇴근 시간이 됐거든요."

솔직히 지금의 제안은 예상하지 못했다.

'술을 먹으면서 한번 찔러봐?'

순간적으로 치밀어 오른 생각.

술을 먹고 취하게 되면, 사람은 누구나 감춰 왔던 허점이나 빈틈이 드러나게 되어 있다.

하지만 이내 머릿속에 있는 생각을 털어 냈다.

그러기에는 눈앞에 있는 오민철이란 사람이 매우 위험한 종자였기 때문이었다.

"죄송합니다. 특집 기사 일정이 빡빡하다 보니 회사에 바로 들어가 봐야 해서요. 술은 다음 기회에 얻어먹어도 되겠습니까?"

얻어먹어도 되냐는 말을 유난히 강조했다.

그 말에 오민철의 입꼬리가 비틀렸다.

"하하! 물론입니다. 언제든 오세요. 제가 아주 코가 삐뚤어질 만큼 사 드리겠습니다."

"감사합니다. 그럼, 오늘 정말 실례 많았습니다."

가볍게 고개를 숙여 감사의 인사를 표한 뒤 오민철의 방을 걸어 나왔다.

저벅- 저벅-

적막한 복도를 따라 몇 발자국 걸었을까?

멈칫.

걸음을 멈추고 조금 전 걸어 나온 오민철의 방을 쳐다봤다.

"저 인간 대체 뭐지?"

3시간에 가까운 인터뷰.

그 인터뷰를 하는 동안 오민철의 대답에서는 단 한 번도 선명한 푸른빛이 흘러나오지 않았다.

즉 진실과 거짓 스킬이 잘못되지 않았다면, 그가 인터뷰를 하면서 했던 대다수의 말이 거짓이었다는 것이다.

사람이 과연 그럴 수 있을까?

일부러 모든 것을 거짓으로 말하려고 해도 쉽지 않은 일이다.

그렇다면 과연 오민철은 뭘까?

그는 인터뷰를 하는 동안 기뻤던 상황을 말하면서 웃었다.

또 힘들었던 상황에 대해서는 심각하고 슬픈 표정을 지어 보였다.

"그게 다 연기라고? 배우가 아닌 이상에야⋯⋯."

아니, 아무리 배우라고 해도 쉬지 않고 그런 모습을 연기하는 것은 불가능할 것이다.

그러다 문득 머릿속에 떠오르는 생각.

"혹시?"

절로 양쪽 눈이 가늘어졌다.

"아무래도 확인해 볼 필요가 있겠네."

급히 휴대폰을 꺼내 박동철 계장에게 문자 하나를 보냈다.

[계장님, 저 한 검사입니다. 혹시 마성 그룹 비자금 사건의 담당 검사가 누구였는지 아십니까?]

문자를 보내고 얼마나 기다렸을까?

오래지 않아 손에 들고 있던 휴대폰에 한 통의 문자가 날아왔다.

우웅―

[류영해 검사님입니다. 그런데 지금 중앙지검에는 안 계시고 청주지검으로 가셨습니다.]

1,000억 원대 비자금을 찾는 사건에서 100억 정도밖에 발견하지 못했다.

어째서 류영해 검사 청주지검으로 자리를 옮겼는지 대충 상황파악이 됐다.

"청주지검이라……."

아무래도 오늘은 장거리 운전을 꽤 하게 될 것 같다.

TIME ROULETTE
타임룰렛

Chapter 125. 단서

자신 앞에 산더미 같이 쌓인 파일을 하나하나 살피던 류영해 검사가 한숨을 내쉬었다.

"이건 뺑소니 사건이고 또 이건 부동산 사기…… 그 다음은 주폭 사건이네요? 후우. 계장님, 정말 이런 사건밖에 없어요?"

"허허, 마음에 안 드십니까?"

목소리는 류영해 검사의 맞은편에서 흘러나왔다.

그는 올해 검찰청 밥만 20년 가까이 먹은 송훈 계장이었다.

흰머리가 희끗희끗 올라 있는 송훈 계장의 모습은 검찰

청의 수사관이라기보다는 옆집에 거주하는 친근한 아저씨와 비슷했다.

스윽- 스윽-

"아니, 마음에 안 드는 게 아니라요. 좀 굵직한 사건은 없어요? 이래 보여도 전 현장 체질이라고요."

"허허."

송훈 계장의 웃음에 입술을 삐쭉 내민 류영해 검사가 기계적으로 서류에 사인을 하며 볼멘소리를 내뱉었다.

'정말 시시하고 지루해 죽겠네.'

그도 그럴 것이 서울중앙지검에서 그녀가 맡았던 사건은 거대 기업의 비리 혹은 마약, 조직 폭력배 관련 등의 사건이었다.

매일같이 신문의 헤드라인을 장식하던 사건만 맡아 왔던 그녀는 중앙지검 특수부 출신의 검사였다.

당연히 뺑소니 사건 등은 그녀에게 있어서 어린애 장난처럼 보일 뿐이었다.

그 속마음을 읽은 것일까?

송훈 계장이 사람 좋은 표정을 지으며 말했다.

"검사님. 예전 검사님이 맡아 오신 사건의 규모에 비하면 그 사건들이 아주 보잘것없이 보일 수 있겠지만, 사건의 피의자에게 있어서는 인생이 걸린 일이랍니다."

"그, 그건 저도 알고 있어요."

마치 할아버지가 손녀를 나무라는 것 같은 목소리에 얼굴이 붉어진 류영해 검사가 고개를 푹 숙였다.

'어휴……'

류영해 검사가 속으로 한숨을 푹 내쉬었다.

마성 그룹 비자금 사건 이후 청주지검으로 좌천되어 내려온 지 1년.

시간이 제법 흘렀음에도 불구하고 류영해 검사는 아직 청주의 생활이 적응되지 않았다.

그 이유 중의 하나로는 송훈 계장도 있었다.

애초에 검사와 수사관의 관계는 수직적인 관계였다.

검사가 명령을 내리고 이를 수사관이 수행하는 형식인 것이다.

하지만 서울중앙지검에 있을 때와는 다르게 청주지검의 송훈 계장은 그녀와 나이 차이가 너무 많이 났다.

10살 정도라면 어떻게든 편하게 대해 보겠는데, 나이만 20살 가까이 차이가 났다.

그뿐인가?

검찰청에서 근무한 기간 역시 그녀보다 훨씬 길었다.

당연히 일을 시키거나 말을 거는 게 조심스러울 수밖에 없었다.

'……그래도 꼭 나쁘기만 한 것은 아니지.'

청주지검에서 오래 근무했기 때문인지 청주 지역 사회에

대해 빠삭했으며, 검찰청 내부와 외부의 인물들과도 두터운 친분을 유지하고 있었다.

덕분에 어지간한 사건쯤은 송훈 계장에게 몇 가지 물어보는 것만으로도 대강 윤곽이 나왔다.

하지만 그녀가 원하는 생활은 이런 것이 아니었다.

'정말이지 큰 거 한 방 빵 터트려서 다시 서울로 올라가야 하는데. 젠장! 그때 그 사건만 아니었으면, 내가 이런 촌구석에서 썩을 일도 없었을 텐데.'

류영해의 머릿속에 마성 그룹 비자금 사건이 떠올랐다.

당시 특수부 소속이었던 그녀는 그 사건이 황금 동아줄이라고 판단했다.

정황도 완벽했고 증거도 충분했다.

말 그대로 상대를 완벽히 옭아맬 수 있는 사건이었다.

특수부에서도 그녀를 밀어주는 분위기였다.

그렇기 때문에 덜컥 맡아서 일을 진행했는데, 오히려 결과는 벌집만 건들인 꼴이 되었다.

어찌 됐든 액수는 적어도 비자금을 찾긴 찾았으니, 외부적으로 볼 때는 성공이라 볼 수 있을 것이다.

하지만 상대는 대한민국의 재벌이었다.

거기다가 오너 일가를 감방에 집어넣었다.

보이지 않는 손들이 중앙지검에 들어와 있었고, 그 사건

이후 류영해 검사를 압박하기 시작했다.

결국, 사건이 종결되고 3개월이 지나기 전에 류영해는 청주지검으로 발령이 났다.

이유?

서류상으로 이유만 있을 뿐, 제대로 납득할 만한 이유는 없었다.

그냥 말 그대로 까라면 까야 하는 상황이었다.

싫으면 검사복을 벗으라는 말까지 나왔으니까.

항명을 하고 싶기도 했다.

단 한 사람이라도 자신의 편을 들어줬다면, 그러했을 것이다.

하지만 선배와 동료 검사 중 당시의 그녀를 감싸고 지켜주는 사람은 아무도 없었다.

빠득—

"개새끼들."

"네?

"아, 아무것도 아니에요."

송훈 계장의 반문에 류영해가 재빨리 손을 내저었다.

속으로 생각하고자 했던 말이 부지불식간 입 밖으로 튀어나오고 말았다.

그렇게 다시 류영해가 서류를 향해 시선을 옮길 때였다.

삐리리- 삐리리-

"아! 제가 받을게요."

책상 위에서 울리는 전화벨 소리에 그녀가 손을 뻗었다.

"네, 302호 류영해 검사실입니다. 네? 누가 찾아왔다고요? 중앙지검이요?"

전화를 받은 류영해의 얼굴이 활짝 펴졌다.

전혀 예상하지 못한 곳의 방문.

혹시나 하는 기대감이 그녀의 얼굴에 퍼져 나갔다.

같은 검사라고 해도 소속된 지검이 다른 이상은 함부로 출입할 수가 없다.

청주지검에 도착해서 류영해 검사에게 접견을 요청한 지 10분 정도 흘렀을까?

얼굴 가득 환한 빛이 감도는 여성 검사가 엘리베이터에서 빠르게 걸어 나오는 모습이 보였다.

"음, 이번에도 실물이 사진보다 괜찮은데?"

박동철 계장에게 들은 정보는 류영해 검사라는 것뿐이었다.

하지만 이미 나름의 정보망을 구축해 놓은 내게 있어 이름과 신분이 확실한 사람의 인상착의를 구하는 것은 아주 쉬운 일이었다.

"저기 뭐라고 하셨어요?

혼잣말로 중얼거린 목소리였지만, 크기가 작지 않았던 것일까?

안내 데스크의 직원이 눈을 크게 뜨고 되물었다.

"아무것도 아닙니다. 그보다 저분이 류영해 검사님 맞나요?"

확인차 안내 데스크 직원에게 다시 물었다.

엘리베이터에서 걸어 나오는 여성을 확인한 데스크 직원이 고개를 끄덕였다.

"아, 맞네요. 저분이 류영해 검사님이세요."

"감사합니다. 그럼, 실례."

데스크를 지나쳐 검색대 앞으로 걸음을 옮겼다.

"류영해 검사님?"

"누구?"

처음 보는 사람이 자신의 이름을 거론했기 때문일까?

류영해 검사가 경계 어린 눈빛으로 날 훑어봤다.

"서울중앙지검 한정훈 검사입니다."

"한정훈······ 검사?"

류영해 검사가 고개를 갸웃거린다.

그리고는 이내 수상쩍은 눈빛으로 다시 나를 훑어봤다.

"처음 들어 보는 이름인데?"

"55기입니다. 선배님께서는 작년에 이리 오셨으니, 들어 보지 못하신 것도 당연하십니다."

류영해는 연수원 50기였다.

만약 그녀가 마성 그룹 비자금 사건만 완벽하게 해결했어도 2~3년 사이 부부장 검사로 올라갔을 것이다.

"55기라. 그 말은 올해 발령받은 신뼁이란 거네? 어디 소속이야?"

"특수부입니다."

특수부라는 소리에 굳어 있던 류영해 검사의 얼굴이 풀어졌다.

"아이고~ 이거 후배님이셨네."

검사라는 게 참으로 애매하다.

출신 동기, 학교 동기, 고시 동기, 연수원 동기, 부서 동기 등등 세상천지 참으로 다양한 인연이 있는데, 자신과 한 가지라도 연관된 부분이 있다면 굳이 그걸 엮어서 인맥으로 묶는다.

'검사들도 은근히 파벌 싸움이 강하다니까.'

지금도 그렇다.

만약 내가 형사부 소속이었다면, 류영해 검사가 이리 친근하게 굴지도 않았을 것이다.

"네, 선배님. 그래서 그런데, 혹시 시간 괜찮으시면 커피라도 한 잔 괜찮으시겠습니까?"

"커피 좋지. 그런데⋯⋯."

손목시계로 시각을 확인한 류영해가 싱긋 웃었다.

"점심시간이 다 됐네. 근처에 소머리 국밥 잘하는 집 있
는데, 커피 대신 점심은 어때?"

어제 술이라도 한잔한 것일까?

보글보글 끓어오르는 뚝배기에 담긴 국물을 연신 떠먹던
류영해가 감탄사를 토해 냈다.

"캬! 역시 소머리 국밥은 여기가 최고라니까. 내가 서울
에서 청주로 내려오면서 다 화가 나는데, 딱 한 가지. 국밥
하나만큼은 최고야. 내가 살 테니까, 우리 후배님도 팍팍
먹어."

"그럼, 잘 먹겠습니다."

나 역시 류영해를 따라 연신 국물을 떠먹기 시작했다.

그렇게 뜨끈한 기운이 속에 퍼질 무렵.

탁.

숟가락을 식탁 위에 올려놓은 류영해 검사가 입을 열었
다.

"자, 그래서 이제 갓 상투를 튼 후배님이 좌천당한 이 선
배를 왜 찾아왔을까?"

휴지를 한 장 뽑아 입술을 닦았다.

"……마성 그룹 비자금 사건 기억하시죠?"

애초에 말을 빙빙 돌려서 할 생각은 없었다.

단도직입적으로 본론을 거론하자 올라가 있던 류영해의 입꼬리 역시 제자리를 찾았다.

"기억하지. 그것 때문에 내가 이리로 내려왔으니까. 그런데 그 사건은 왜?"

"재수사를 할 예정입니다."

"재수사? 누가? 네가?"

류영해의 표정은 놀랍다기보다는 어이가 없다는 얼굴이었다.

"왜 그런 표정으로 보십니까?"

"아니, 어이가 없잖아. 이미 종결된 사건을 왜 다시 수사해? 그것도 신삥인 네가 왜? 너 혹시……."

말을 잇던 류영해가 이내 됐다는 식으로 물을 들이켰다.

"뭐, 그건 아니겠지."

말을 하지 않아도 그녀가 지금 이 순간 무슨 생각을 했는지 알 것 같았다.

"일단 오해를 풀자면, 제가 임의대로 다시 조사를 시작한 건 아닙니다. 부장님이 파일을 넘겨주셨고, 넘겨받았으니 조사를 하는 것뿐입니다."

"네 부장 검사가 누군데?"

"신성준 부장님이십니다."

류영해 검사가 알겠다는 듯 얼굴을 찡그리며 고개를 끄덕였다.

"그 영감이었군. 너도 힘들겠다. 그분 성격이 꽤 피곤하거든."

난 그저 웃음으로 대답을 대신했다.

류영해 검사의 말대로 난 아직 신삥일 뿐이다. 그런 내가 그녀의 말에 맞장구를 쳐봤자 오히려 이상하게 보일 뿐이었다.

"좋아, 그래서 여기까지 날 찾아온 이유는 뭘 알고 싶어서야? 듣고 싶은 게 있는 거지?"

조르르—

비어 있는 그녀의 물 잔에 물을 따라주며 입을 열었다.

"검사님이 본 오민철은 어떤 사람이었습니까?"

"마성훈이 아니라 오민철?"

류영해 검사가 눈을 동그랗게 떴다.

그녀를 바라보며 부연설명을 곁들였다.

"사건을 조사해 보니 이상한 점이 있었습니다. 오민철은 마성 재단의 재무팀장입니다. 당연히 재단의 돈이 어떻게 흘러가는지 뻔히 알고 있었을 겁니다. 결과적으로 그는 무혐의 판결을 받았고, 처벌은 셋째 아들인 마성훈이 홀로 뒤집어썼어요. 이게 말이 됩니까?"

"그건 당시의 정황이……."

스윽─

손을 들어 올려 류영해 검사의 말을 끊었다.

"죄송하지만, 고작 정황을 듣기 위해 청주까지 내려온 게 아닙니다. 제가 선배님께 듣고 싶은 내용은 다른 것입니다."

"뭐?"

"차마 서류상에는 남기지 못했던 얘기. 제가 듣고 싶은 건 사건을 조사하면서 느꼈던 선배님의 솔직한 심정입니다."

류영해 검사가 내 눈을 똑바로 쳐다봤다.

그리고는 이내 웃음을 흘렸다.

"좋아, 후배님. 내가 느꼈던 걸 전부 얘기해 줄게. 근데 그렇게 해서 내가 얻는 건 뭔데? 후배를 위한 선배의 배려라는 말은 하지 마. 처음 본 후배한테 그런 호의를 베풀 만큼 이 바닥이 그리 아름답지만은 않거든."

이쯤 되면, 나 역시 준비해 둔 패를 꺼낼 때가 됐다.

"서울."

"응?"

"이번 사건을 해결하게 되면, 선배님의 적극적인 도움이 있었다고 상부에 보고하겠습니다. 그렇게 되면, 선배님이 다시 중앙지검으로 돌아오시는 데 큰 도움이 되겠죠. 아니면 설마 국밥 때문에 청주를 떠나기 싫으신 겁니까?"

손가락으로 바닥이 보이는 식탁 위 뚝배기를 가리켰다.

피식-

류영해 검사가 다시 웃음을 흘렸다.

"내가 말 안 했던가? 원래 맛집은 서울이 제일 많아."

휴지를 뽑아 입가를 닦은 류영해 검사가 진지한 표정으로 말했다.

"얘기가 좀 길어질 수도 있는데, 한 번만 말할 테니까 잘 들어. 일단 마성 그룹 비자금 사건이 어떻게 시작됐는지 그 개요부터 설명해 줄게."

영국 런던.

에비리스트 빌딩.

마크 그룹 소유의 에비리스트 빌딩은 세계 10대 빌딩에 속하는 초고층 건물이었다.

이를 소유한 마크 그룹은 영국의 유통, 건설 분야의 독보적인 회사로 CEO인 마크는 그 개인 자산만 수십조 원에 이르는 슈퍼리치였다.

"흐음."

에비리스트 빌딩의 최상층.

십여 대의 대형 모니터에 둘러싸인 회의실에 앉아 있던

마크가 낮은 신음성을 내뱉었다.

그의 앞에 놓인 테이블 위에는 손바닥 두 배 정도 크기의 모래시계가 놓여 있었다.

"시간이 엄청 안 가는군."

모래알이 떨어지는 모습을 바라보던 마크가 글라스 잔에 가득 담긴 양주를 한 모금 마셨다.

그렇게 잔에 담긴 양주가 거의 바닥을 보일 때쯤, 모래시계에서 떨어지는 모래알 또한 그 움직임을 멈췄다.

팟-

동시에 십여 대의 모니터에서 일제히 불이 들어왔다.

[이거 다들 오랜만이군.]

[그러게 1년 만에 소집인가?]

[귀찮아 죽겠네. 그냥 이 기회에 모임을 없애는 건 어때?]

[흐아암, 졸려. 여기는 새벽이라고.]

[모두들 안녕?]

모니터에서는 다양한 국가의 언어가 흘러나왔지만, 다들 의사소통에는 지장이 없어 보였다.

또한, 모니터에는 사람의 얼굴 대신 알파벳이 떠올라 있었다.

"E와 H는 불참인가."

마크의 눈썹이 가늘어졌다.

분명 모두 참석해 달라고 신신당부했는데, 불참자가 있는 것이다.

[뭐, 바쁜 일이 있나 보지. 그보다 C. 무슨 일로 일 년에 한 번뿐인 소집권을 사용한 거야?]

목소리는 E라는 알파벳이 떠오른 모니터에서 흘러나왔다.

C는 마크를 뜻했다.

굳어진 얼굴을 풀며 마크가 입을 열었다.

"얼마 전 M.G에 이상한 글이 하나 올라왔다. 어떤 미친 놈이 여행자를 습격하고 살해해서 스킬을 빼앗는다는 내용이었지."

마크의 말이 끝나자 모니터 곳곳에서 목소리가 흘러나왔다.

[그런 글이 있었어? 난 못 봤는데?]

[난 봤어. 근데 갑자기 그 글은 왜? 아는 사람이 올린 글인가?]

[스킬을 빼앗는다고? 그게 가능해? 무슨 흡성대법인가?]

[나 잠깐 화장실~]

[엘! 너는 무슨 회의를 할 때마다 화장실이야?]

[신경 꺼.]

시장통도 이런 시장통이 없었다.

개인의 입장에서는 한마디였지만, 십여 대가 넘는 모니

터에서 한마디씩만 흘러나와도 수십 마디였다.

애써 표정 관리를 하던 마크가 이내 손바닥으로 앞의 테이블을 강하게 내리쳤다.

쾅!

"주목!"

고함에 가까운 마크의 외침에 순식간에 적막이 찾아들었다.

"거두절미하고 본론부터 말하면, 그 글의 내용은 사실이었다. 조사를 진행해 보니, 벌써 당한 여행자의 숫자만 열이 넘어가고 있어. 물론 열 명 모두 2에서 3레벨 정도에 불과한 수준이지만, 그렇다고 해서 이대로 상황을 좌시하고 있을 수만은 없는 문제야."

마크의 말이 끝났음에도 모니터에서는 별다른 말이 흘러나오지 않았다.

그렇게 차 한 잔 마실 정도가 흘렀을까?

[먹잇감이 부족해지면, 맹수는 더 강한 놈을 찾아 이빨을 드러내겠지.]

목소리가 흘러나온 곳은 B의 모니터였다.

서로 얼굴을 확인할 순 없지만, 마크가 고개를 끄덕이며 말했다.

"맞아. 시간이 지나서 그놈이 우리를 노리지 말라는 보장은 없어."

마크 역시 B의 생각과 같았다.

고기 맛을 아는 맹수가 평생 토끼만 잡아먹을 리 없었다.

더 맛있는 고기.

싱싱한 고기를 위해서 강하고 빠르게 그리고 교활하게 움직일 것이다.

하지만 모니터에서 흘러나오는 반응은 마크의 걱정과는 정반대였다.

[얼마든지 찾아오라고 해. 나한테 오면 단숨에 박살내 줄 테니까.]

[난 오히려 흥미진진할 것 같은데?]

[그렇지? 나도 재미있을 것 같아.]

[그놈을 찾아 밑에 두는 것도 괜찮을 것 같군. 아니면, 놈이 가진 스킬을 내 것으로 만드는 것도 나쁘지 않을 것 같고.]

지끈— 지끈—

마크는 머리가 아파 옴을 느꼈다.

이 녀석들은 아직도 사태의 심각성을 모르고 있다.

하긴 그럴 만도 했다.

골드 서클릿(Gold Circlet).

백 년을 이어 온 이 모임의 참석자는 하나같이 초인이라 부르기에 부족함이 없는 존재들이었다.

권력, 재력, 힘 등등 현실을 살아가는 이들에게 부족한 것은 아무것도 없었다.

모니터와 알파벳을 통해 서로의 얼굴을 가리고 활동하고 있지만, 그렇다고 한들 서로에 대해 전혀 모르는 것은 아니었다.

다들 서로의 신분에 대해서 직접적으로 언급하지 않을 뿐, 어느 정도 짐작은 하고 있었다.

"다시 한 번 말하지만, 그렇게 낙관할 상황이 아니야. 우리 중에서 그 누가 다른 여행자를 찾아낼 수 있는 능력이 있지? D? G? L?"

마크의 입에서 핵심을 찌르는 말이 흘러나오자 약속이라도 한 듯 목소리가 잦아들었다.

그제야 다들 조금이지만 사태의 심각성을 깨달은 것이다.

"후우. 어떤 방법인지 알 수는 없지만, 놈은 분명 여행자를 찾을 수 있는 능력을 갖고 있다. 덤으로 그 여행자를 죽임으로써 스킬을 얻을 수 있지. 우리라고 해서 놈에게 당해서 지금까지 이룬 모든 걸 빼앗기지 말라는 보장은 없어. 다들 알고 있잖아? 정말 무서운 칼은 보이는 것이 아니라 보이지 않는 것이라는 거."

평범한 사람은 상상조차 할 수 없는 것들을 가졌다.

그렇기 때문에 여행자는 스스로에 대한 자부심도 뛰어나지만, 한편으로는 무척이나 겁이 많다.

아무리 레벨이 높고 뛰어난 능력을 지닌 여행자라 할지

라도, 도구가 파괴되는 순간 지금까지 이룬 모든 것을 잃는 것이 바로 여행자의 숙명이었다.

그래서 고레벨의 여행자는 레벨이 높아질수록 여행을 다니는 횟수가 급속도로 줄어든다.

그건 마크 역시 마찬가지였다.

여행자의 능력을 통해 영국 최고의 재벌이 된 뒤로는 메시지가 뜨지 않는 이상은 굳이 여행을 다니지 않았다.

과거의 비참했던 시절과 달리 이제는 여행자로 살지 않아도 모든 걸 누릴 수 있기 때문이었다.

하지만 그래서 겁이 나기도 했다.

이 모든 것이 어느 날 갑자기 신기루처럼 사라질 수 있다는 것을 알기 때문이었다.

[좋아. 위험하다는 건 잘 알겠어. 그래서 어떻게 하자는 거야?]

[당연히 놈에 대한 정보부터 수집해야 하지 않겠어?]

[무슨 수로? 우리는 그놈과 다르게 여행자를 찾아낼 수 있는 능력이 없다고.]

[흥, 그냥 수상쩍은 놈은 죄다 잡아서 족치면 걸리겠지.]

다양한 의견이 오갔지만, 쓸 만한 내용은 없었다.

그때 B가 다시 말문을 열었다.

[뭔가 생각이 있어서 우릴 부른 게 아닌가? 그렇지, C?]

마크는 이 중에서 그나마 제대로 된 머리를 가진 여행자가 한 명이라도 있다는 사실에 감사했다.

그렇지 않았다면, 전통이고 뭐고 골드 서클릿의 탈퇴를 감행했을 것이다.

"각자 아닌 척하고 있지만, 밑에 다수의 여행자들을 데리고 있다는 거 알고 있다. 그들을 이용해서 여행지에서 이상한 수작을 부리는 것도 말이야. 당분간은 그런 행동은 모두 그만뒀으면 한다. 그리고……."

잠시 말을 끊고 숨을 들이 킨 마크가 다시 입을 열었다.

"너희들 밑에 있는 여행자들을 내가 말하는 곳으로 모두 보내."

[뭐?]

[그게 무슨 헛소리야!]

[이봐, C! 잊은 건 아니겠지? 골드 서클릿의 멤버는 모두 동등하다는 것을 말이야. 네가 우리한테 명령을 내릴 권한은 없다고.]

[이거 슬슬 기분이 나빠지려고 하는데.]

곳곳에서 불만 섞인 목소리가 흘러나왔다.

하지만 이 정도는 마크도 예상한 반응이었다.

마크가 차분한 목소리로 말했다.

"끝까지 들어. 놈은 여행자만을 노리고 있어. 그런데 만약 다수의 여행자들이 한곳에 모이면 어떻게 반응할 것 같아?"

[그 미친놈이 우리가 생각하는 대로 포식자라면, 먹이를 찾아 움직이겠지.]

"바로 그거야."

마크가 눈을 빛냈다.

"놈은 분명히 움직인다. 그리고 그때를 노려 우리는 우리를 위협할 요소를 적극적으로 움직여서 제거한다. 아주 쉬운 일인데, 설마 너희들 겁이 나서 그러는 건 아니겠지?"

도발적인 언사에 반응은 즉각 흘러나왔다.

[겁은 무슨!]

[애초에 그깟 미친놈 따위가 적수가 될 리도 없지만, 그래도 모두를 위해서 희생하도록 하지. 난 찬성!]

[어이가 없지만, 나도 찬성.]

[좋아. 그래서 애들은 어디로 모을 생각이지? 범위가 넓으면 넓을수록 일을 진행하기가 어려울 텐데?]

G의 지적대로였다.

땅이 넓으면 넓을수록 활동 반경이 커지고 수많은 변수가 생길 위험이 높았다.

"걱정할 건 없어. 미리 생각해 둔 곳이 있으니까."

씩–

마크의 입꼬리가 말려 올라갔다.

"한국, Korea다."

❖ ❖ ❖

서울로 올라가는 길.

류영해 검사와의 만남은 뜻밖의 소득이었다.

서류상으로는 남지 않는 정보들을 몇 가지 얻을 수 있었기 때문이었다.

"마성훈이 은연중에 오민철을 겁내는 것 같았단 말이지."

까끌까끌하게 자란 턱수염을 쓰다듬으며, 류영해 검사가 했던 말을 되새겼다.

[신기했다니까. 일반적으로 머슴은 자기 집 주인 앞에 서면 개처럼 꼬리를 흔들거나 아니면 겁먹은 쥐새끼마냥 웅크려야 하는데, 오민철은 너무 태연했어. 그런 오민철과 함께 있던 마성훈이 오히려 뭐가 그렇게 불안한지 손톱을 계속 물어뜯었지.]

그런 행동 때문에 류영해 검사 역시 오민철이 마성훈의 약점을 쥐고 있는 것은 아닌가라는 생각을 했다고 말했다.

하지만 오민철을 제대로 파고들기에 앞서 마성훈이 자신이 비자금을 조성했다고 밝힘으로 사건은 순식간에 종결되어 버렸다.

[회사에서도 계속 마성 그룹을 건드리는 것에 대해 썩 내키지 않는 눈치였거든. 덕분에 번갯불에 콩 구워 먹듯이 사건이 종결되고 말았어.

　아! 그런데 수사 도중 이상한 게 한 가지 있긴 했어. 처음 마성훈을 대면했을 때 분명 비자금은 자신이 조성한 게 아니라고 했단 말이야?

　그런데 어느 날 변호사랑 30분 정도 접견을 하고 나오더니, 순순히 자기가 한 일이라고 자백을 하는 거야. 그 30분 동안 두 사람은 과연 무슨 대화를 했을까?]

　죄를 지은 사람들 중에서 자신이 범인이라고 순순히 자백하는 사람이 몇 명이나 될까?

　아마 대부분은 일단 발뺌을 할 것이다.

　손에 쥔 것, 가진 것이 더 많은 사람일수록 이런 성향은 더 강하다.

　그런데 변호사 접견 한 번으로 모든 게 뒤집어졌다.

　"분명 뭔가가 있어. 대체 그 뭔가가 뭘까?"

　잠시 신호에 걸려 차가 정차했을 때였다.

　우웅- 우웅-

　휴대폰으로 한 통의 전화가 걸려왔다.

　[발신자 제한 표시]

"발신자 제한?"

잠시 휴대폰의 액정을 바라보다가 통화 버튼을 눌렀다.

"여보세요."

[……]

"전화를 걸었으면 말을 하시죠?"

[……]

"여보세요?"

몇 번이나 말을 걸었지만, 휴대폰 너머에서는 말소리는 커녕 숨소리조차 들려오지 않았다.

뚝– 뚜– 뚜–

그러더니 얼마 지나지 않아 연결이 끊겼다.

"잘못 걸린 전화인가?"

찝찝한 기분에 휴대폰을 다시 자리에 내려놓으려던 찰나, 손안에서 다시 진동이 울렸다.

우웅–

[보스, 낮에 요청했던 자료 보냈어요.]

문자는 케빈에게서 온 것이었다.

파일을 선택하자 마성 그룹 내 임직원들 중에서 한국 대학교 또는 하버드와 연관된 사람들이 줄지어 나타났다.

스윽-

쭉 스크롤을 내리다가 어느 한 지점에서 손의 움직임이 멈췄다.

리스트에는 전혀 뜻밖의 인물이 한 명 있었다.

"오민철? 오민철도 하버드 출신이었어? 아까 인터뷰에서는 분명 연서대 출신이라고 했었는데?"

연서대학교는 한국대학교와 더불어 국내에서 다섯 손가락 안에 꼽히는 대학교였다.

또 한국대학교의 법대가 유명한 것처럼 연서대 경영학과는 국내 TOP 클래스에 속했다.

"동명이인?"

가장 가능성이 높은 건 이름이 같은 동명이인일 경우였다.

잠시 머리를 굴리다가 이내 휴대폰에서 류영해 검사의 번호를 찾아 통화 버튼을 눌렀다.

[……무슨 일이야?]

"한 가지 여쭈어볼 게 있어서요. 혹시 마성훈이랑 오민철이 하버드 동문이란 거 알고 계셨습니까?"

[아! 그거? 헛짚었어.]

"네?"

[하버드 쪽에 문의해서 알아보니 동명이인이었어. 혹시나 해서 오민철을 알고 있는 교수에게 사진까지 보여 줬는데,

처음 보는 얼굴이라고 했고.]

"그렇습니까?"

[그래, 그러니까 그쪽보다는 아까 내가 얘기했던 대로 마성민 쪽을 좀 더 조사해 봐. 그럼, 끊는다.]

뚜—

"마성민이라……."

마성민은 마성 그룹의 장남으로, 현재 마성 유통을 이끌고 있었다.

또한, 향후 마성 그룹 회장 승계에 있어 가장 유력한 후보로 알려져 있었다.

류영해 검사의 말에 따르면, 마성 그룹의 후계 구도는 첫째인 마성민과 둘째인 마성준의 싸움이었다고 한다.

애초에 셋째인 마성훈은 그 지지 기반이 취약하고, 보유한 주식도 적기 때문에 후계 구도에서 멀어진 상태였다.

그리고 이런 마성훈에게 손을 뻗은 게 바로 마성민이었다.

다시 말해서 마성훈의 비자금 조성은 사실 첫째인 마성민이 주도했다는 것이 류영해 검사의 판단이었다.

"정말 오민철은 연관이 없는 걸까? 그러기에는 기분이 영 찝찝한데."

머릿속에 안개가 서린 것처럼 개운하지가 않았다.

하지만 지금의 정보로 뭔가를 하기에는 아직 시기상조였다.

일단은 최대한 정보를 모으고 그림을 그려야 한다.

그러다 보면 분명 나타날 것이다.

이 사건을 관통하는 진실.

혹은 키를 잡고 있는 키맨이 말이다.

TIME
ROULETTE
타임룰렛

Chapter 126. 유명세

서울 송파구 엠페러 시티.

이곳은 사각 지대 없는 CCTV와 엄격한 보안 관리를 장점으로 내세워 건립된 계획 주택단지였다.

단지 내에는 이글(eagle)이라는 전문 보안 업체가 상주하고 있는데, 이 때문인지 엠퍼러 시티에는 연예인, 정치인, 스포츠 스타 등등 외부의 시선을 늘 신경 쓸 수밖에 없는 사람들이 주로 입주해 있었다.

안성우와 결별하고 아버지를 증평에서 서울로 모시며, 나는 새로운 보금자리로 망설임 없이 엠페러 시티를 선택했다.

아무래도 가장 큰 이유는 안정성 때문이었다.

지금이야 당시 위협이 되던 박무봉을 내가 끌어안았지만, 그때만 해도 한 치 앞을 모르는 상황이었다.

당연히 안전을 최우선으로 생각할 수밖에 없었다.

덕분에 엠페러 시티의 42평 주택을 매입하는 데 예상보다 큰 금액인 약 22억 원의 자금을 들였지만, 결정에 후회는 없다.

업체에서 강조했듯 보안 부분은 100점 만점 중에 90점을 줄 만큼 훌륭했다.

일전에 엠페러 시티를 방문한 박무봉 또한 일반인이 거주하는 주택 치고 이 정도 수준의 보안을 갖춘 곳은 없을 것이라고 인정했다.

거기에 추가적으로 2년 전 22억이었던 집값은 그 사이 무려 5억 원이 올라 현재 27억에 거래되고 있었다.

매물이 부족했기에 이마저도 언제 오를지 모르는 상황이었다.

띠띠디- 띠딕-

도어락의 비밀번호와 지문, 그리고 홍채 인식까지 거치고 난 뒤에야 육중한 문이 열리며 집안에서 흘러나오는 TV 소리가 들렸다.

"아들, 왔니?"

거실에서 걸어 나온 사람은 TV를 시청하시던 아버지셨다.

"아버지, 일찍 들어오셨네요?"

아버지가 미소를 지으며 고개를 끄덕였다.

"요새 가게 장사가 잘돼서 오늘은 일찍 문 닫고 들어왔다. 돈도 중요하지만, 더 중요한 건 건강 아니겠니?"

"잘하셨어요. 직원들이 좋아하셨겠네요. 가게는 별일 없으셨죠?"

서울로 올라온 아버지는 석촌 호수 인근에 분식집을 차리셨다.

처음에는 하루에 열 팀을 받기도 힘들었지만, 그건 음식이 맛이 없기보다는 입소문이 나지 않았기 때문이었다.

일반 가게야 음식이 맛있다는 소문이 나기까지의 적자를 견디지 못해 문을 닫는 경우가 비일비재하지만, 아버지의 가게는 그런 걱정을 할 필요가 없었다.

애초에 돈을 벌기 위해 시작했던 장사도 아니었기 때문에, 마음을 편안히 먹고 어떻게 하면 음식의 맛을 더 올릴 수 있을까만 고민했다.

그렇게 반년이 지나자 주변에 음식이 맛있다는 소문이 나면서 손님들의 발길이 꾸준히 증가하기 시작했다.

덕분에 지금은 일하는 직원도 여섯 명이나 되었고, 인터넷을 검색하면 지역 맛집으로도 소개되고 있었다.

"가게야 별일 없지. 참, 낮에 그 파워 블로거라는 사람이 다녀갔단다."

"파워 블로거요?"

되물음에 아버지가 고개를 끄덕였다.

"자기 블로그에 소개 글을 올리고 싶다고 해서 그러라고 했단다."

"음, 괜히 이상한 소리하거나 그러지는 않았나요?"

파워 블로거.

인터넷상에서 블로그를 운영하는 이들 중 그 영향력이 막강한 이들을 뜻한다.

이들 중 일부는 후기 글 하나로 작은 음식점 하나쯤은 순식간에 파리가 날리게끔 만들 수도 있었다.

그렇기 때문에 음식점 가게를 찾아다니며, 본인을 파워 블로거라고 소개하며 서비스를 비롯한 혜택을 요구하는 이들이 적지 않았다.

자신들의 제안을 받아들이지 않을 경우, 악의적인 글을 게재하며 분풀이를 하는 상황도 종종 벌어졌고 말이다.

혹시나 하며 물었지만, 아버지는 대수롭지 않게 말했다.

"그냥 몇 가지 물어보고 가게랑 음식 사진 좀 찍고 갔단다."

"혹시 무슨 일 생기면 저한테 즉시 말씀해 주셔야 해요. 아셨죠?"

예전이라면, 무슨 일을 처리하려고 할 경우 반드시 남의 손을 빌려야 했다.

하지만 이제는 아니다.

남에게 아쉬운 소리를 하지 않아도 내 소중한 가족 정도는 지킬 힘이 생겼다.

아버지가 미소를 지으며 고개를 끄덕였다.

"그렇게 하마. 참, 밥은 먹었니?"

"아직요. 일단은 운동부터 다녀와서 먹을게요."

"그럼, 한 시간쯤 걸리겠구나. 조심해서 다녀오려무나."

"네."

운동복으로 환복을 하고 엠페러 시티 내에 있는 피트니스 클럽으로 향했다.

처음부터 계획 단지로 조성된 곳답게 엠페러 시티 내에는 입주민들을 위한 다양한 편의시설이 마련되어 있었다.

그중 내가 가장 많이 이용하는 곳은 피트니스 클럽과 수영장이었다.

우웅-

입주민 카드를 대자 피트니스 클럽의 자동문이 열렸다.

클럽의 안에는 줄지어 펼쳐져 있는 다양한 운동기구들과 구슬땀을 흘리며 운동하고 있는 사람들이 보였다.

해당 피트니스 클럽은 입주민들만이 사용할 수 있다.

따라서 현재 이곳에 있는 사람들은 모두 엠페러 시티의 입주민들로, 최소 수십억은 움직일 수 있는 재력가들이었다.

우득- 우드득-

"후우."

거울 앞으로 걸어가서 몸을 풀고 있자 뒤쪽에서 발걸음 소리가 들렸다.

저벅- 저벅-

"안녕하세요! 오늘은 좀 늦으셨네요?"

반갑게 웃으며 인사를 건네는 사람은 피트니스 클럽 소속의 남성트레이너로 이름은 강동성이었다.

강동성은 직업이 직업인만큼 탄탄한 몸매를 지니고 있었다.

얼굴도 꽤 훈남이라 피트니스 클럽 내에서도 나름 인기가 좋았다.

강동성이 거울에 비친 내 모습을 아래위로 훑어보더니 감탄사를 내뱉었다.

"후유~ 언제나 느끼지만 회원님을 보면 트레이너를 직업으로 갖고 있는 제가 부끄럽습니다."

"네?"

"저보다 몸매가 완벽하시니까요. 제가 10년 정도 운동을 했는데, 회원님처럼 밸런스가 훌륭하신 분은 처음입니다."

강동성의 칭찬에 난 그저 작은 웃음으로 화답해 주었다.

그럴 수밖에 없는 것이 여행자인 내 신체는 스텟이 올라감에 따라 자동으로 체형이 보정된다.

또 격투기 스킬의 숙련도가 높아질수록 해당 격투기에 가장 적합한 신체가 만들어졌다.

그 덕분에 현재의 내 몸은 단순히 헬스로 단련한 것과는 다른 근육을 지니고 있었다.

"혹시 운동 쪽 직업을 가지고 계신가요? 경호원이나 그런……."

"아니요. 검찰청에서 일하고 있습니다."

굳이 직업을 숨기거나 감출 필요가 없었다.

오히려 진짜 신분을 확실히 감추기 위해서는 검사라는 직업이 대외적으로 더 많이 알려질 필요가 있었다.

"검찰청이라면 혹시 검사세요?"

"네, 서울중앙지검 특수부 검사입니다."

강동성의 눈이 크게 떠진다.

"대, 대단하시네요. 아직 젊어 보이시는데. 저 영화나 드라마에서만 봤지 검사님을 직접 보는 건 처음이에요."

그가 이리 말하는 건 이상한 게 아니다.

실제로 평범한 사람들이 살아가면서 검사를 만날 일이 몇 번이 될까?

험악한 세상이라고는 하지만 그래도 아직은 평생을 살며, 경찰서 한 번 가 보지 못한 사람들 또한 많다.

당연히 죄를 짓고 살지 않는다면, 검사를 볼 일 또한 없는 것이다.

물론 만약 이곳이 엠페러 시티 내의 피트니스 클럽이 아니었으면, 강동성은 내 말을 의심했을 것이다.

혹시 사기꾼이 아닐까 하고 말이다.

하지만 장소가 장소인 만큼 강동성은 내 말을 순순히 믿을 수밖에 없었다.

"대단하긴요."

"아무튼 오늘도 파이팅해서 운동하시기 바랍니다. 혹시 필요한 거 있으시면 부르시고요."

"네, 감사합니다."

강동성이 고개를 꾸벅 숙이고는 다른 회원을 향해 걸음을 옮겼다.

퇴근 시간대인 만큼 피트니스 클럽에는 운동을 하는 사람들이 꽤 많았다.

이런 상황에서 트레이너가 자칫 한 명의 회원과 오랫동안 대화를 나누면, 다른 회원들로부터 이런저런 말들이 나올 수밖에 없었다.

더욱이 그 회원들이 모두 입주민인 만큼 한번 안 좋은 소리가 나오기 시작하면, 그 영향력은 일반 헬스장 손님의 불평불만과는 차원이 달랐다.

"이제 좀 뛰어 볼까?"

스트레칭으로 몸을 풀고 러닝머신으로 걸음을 옮겼다.

근력 운동을 하기 전에 가볍게 몸에 열을 만들 생각이었다.

그렇게 러닝머신 위에서 얼마나 땀을 뺐을까?

"후우…… 후우……."

숨을 고르며, 한결 가뿐해진 몸 상태로 러닝머신을 내려왔다.

그사이 이마에는 땀방울이 송골송골 맺혀 있었다.

스윽―

바로 그 순간 눈앞으로 하얀 수건이 내밀어졌다.

"저기 이걸로 땀 닦으세요."

고개를 들어 바라보니, 하얀 치아가 유난히 아름다운 여성이 서 있었다.

나이는 이제 20대 초반 정도 됐을까?

키는 170cm 정도로 컸으며, 외모 또한 소위 빛이 난다는 표현이 맞을 정도로 예뻤다.

거기에 양 갈래로 묶은 헤어스타일은 귀여움마저 돋보였다.

"……감사합니다."

그렇지 않아도 수건을 가지러 가려던 찰나였기 때문에 여성의 호의를 받아들였다.

수건을 받아 이마의 땀을 닦아 내는 동안에도 여성은 날 물끄러미 바라보고 있었다.

"왜 그렇게 보십니까?"

여성이 씩 웃으며 손가락으로 자신을 가리켰다.

"혹시 저 누군지 모르세요?"

"네?"

살면서 가장 황당한 질문 중 하나였다.

나를 바라보던 여성이 이내 표독스러운 표정으로 말했다.

"갖지 못할 거라면, 부숴 버리겠어!"

"……."

머릿속으로 순간 눈앞의 이 사람이 미친 여자인가라는 생각이 들었다.

그 생각이 전해지기라도 한 것일까?

여성이 풀 죽은 목소리로 입을 열었다.

"……저 배우 유명세라고 하는데, 혹시 모르시나요?"

"죄송합니다."

"바, 방금 대사도 설마 처음 들어 보세요?"

"네."

그녀의 표정이 간절해졌다.

"혹시 주말 드라마 〈황금 내 인생〉 안 보세요? 시청률이 40%가 넘는 드라마인데……."

유명세가 연이어 물었지만, 아쉽게도 내가 할 수 있는 건 고개를 흔드는 일밖에 없었다.

"죄송합니다. 제가 좀 바쁘다 보니 드라마를 볼 시간이 없어서요. 그런데 무슨 일이시죠?"

"그게 저기 그러니까……."

이유를 묻자 당황하는 모습을 보이던 유명세가 눈을 질끈 감고 말했다.

"저 초면에 이런 부탁이 실례인 줄 알지만, 저 공부 좀 가르쳐 주실 수 있을까요?"

"……."

"그, 그게 그러니까 공부가 아니라 연기를 좀…… 아니, 그게 그러니까 연기가 아니라…… 히잉."

당황했기 때문일까?

유명세는 제대로 말을 이어가지 못했다.

예전이었다면, 이에 대해서 차분하게 시간을 주고 얘기를 들었을 것이다.

하지만 그건 어디까지나 과거의 한정훈에 국한된 얘기였다.

"죄송하지만 전 과외 선생님이 아닙니다. 수건은 잘 사용했습니다."

손에 들고 있는 수건을 흔들어 보인 뒤 유명세를 지나쳐 클럽의 입구로 걸음을 옮겼다.

그렇게 3일 만에 다시 피트니스 클럽을 방문했을 때였다.

자동문을 열고 들어서자마자 재빠른 발걸음 소리가 들렸다.

타닷!

"검, 검사님!"

발걸음의 주인공은 다름 아닌 유명세였다.

"네, 안녕하세요."

유명세가 허리를 90도로 숙이며 말했다.

"저기 그날은 정말 실례 많았습니다. 제가 바보처럼, 그러니까 다짜고짜 제 용건만 말했던 것 같아요."

"괜찮습니다. 그럼, 이만."

유명세를 지나쳐 운동기구를 향해 걸음을 옮기는 순간이었다.

"저기요!"

걸음을 멈추고 고개를 돌렸다.

"혹시 운동 끝나시고 차 한 잔 괜찮으세요? 저번 일에 대해 사과도 하고 싶고, 드리고 싶은 말씀도 있어서요."

거절을 할까 잠시 생각을 하다가 이내 고개를 끄덕였다.

"알겠습니다. 운동이 끝날 때까지 기다리신다면, 그렇게 하시죠."

단순한 오지랖이 아니었다.

유명세의 눈에는 절실함이 들어 있었다.

'이대로 거절하면, 잠자리가 뒤숭숭할 것 같으니까. 뭐,

운동이 끝날 때까지 기다린다면 대화를 하지 못할 것도 없지.'

고개를 끄덕이고 운동 기구가 있는 곳으로 다시 걸음을 옮겼다.

평소 내가 피트니스 클럽에서 운동을 하는 시간은 대략 2시간 30분이었다.

운동 전 스트레칭 15분, 유산소 운동 40분, 근력 운동 1시간 20분, 마무리 스트레칭 운동이 15분 정도였다.

과거보다 신체 능력이 좋아져서 체력이 쉽게 지치지 않는 것은 분명 상당한 장점이었다.

하지만 그 여파인지, 최소 2시간 이상 하드트레이닝을 하지 않으면 제대로 운동한 것 같은 기분이 들지 않았다.

"후우, 개운하다."

그렇게 운동에만 집중한 지 2시간이 넘었을까?

마지막 스트레칭을 끝내고 클럽의 입구로 향하자 의자에 앉아 있던 유명세가 재빨리 자리에서 일어났다.

드륵—

"저기, 운동은 끝나셨나요?"

"네, 시간이 꽤 걸렸는데 아직 계셨네요?"

2시간 30분이란 시간은 결코 짧은 시간이 아니었다.

그런데도 자리를 뜨지 않고 기다렸다는 것은 내가 봤던 것처럼 절실함이 있기 때문일 것이다.

"일단 여기서 대화를 나누기에는 조금 그러니, 장소를 옮기죠. 옆에 카페 어떠세요?"

엠페러 단지 내의 카페.

커피 잔을 만지작거리던 유명세가 고개를 숙였다.

"검사님, 죄송해요. 그때 제가 너무 바보처럼 말을 했죠?"

맞다. 정말 한순간이나마 미친 사람인 줄 알았다.

하지만 이런 속마음을 순순히 말할 수는 없는 노릇이었다.

그저 가볍게 미소를 지으며, 고개를 미약하게 끄덕였다.

"괜찮습니다. 그런데 제가 검사라는 사실은 어떻게 아셨습니까? 전, 그러니까 유명세 씨를 그때 처음 보는 것 같은데요."

"그게 그날 트레이너랑 말씀 나누시는 걸 들었어요. 아! 일부러 들은 건 아니에요. 마침, 그때 저도 근처에서 트랙을 돌다가 호기심에 그만."

딱히 주변을 신경 써서 했던 말이 아니니, 충분히 그럴 수도 있을 것이다.

"그래서 저한테 무슨 용건이시죠? 그때 공부니 연기니 같은 말을 하시던 것 같은데."

유명세가 손에 들고 있던 커피 잔을 내려놓고는 말했다.

"제가 곧 영화 오디션이 있거든요. 그런데 그 배역이 여자 검사 역할이어서 공부를 하고 싶은데, 아무래도 인터넷 말고는 마땅히 정보를 얻을 곳이 없어서요."

"흐음."

그제야 그녀가 왜 공부니 연기 지도니 같은 말을 했는지 이해가 됐다.

하지만 아직 이상한 점은 남아 있었다.

"배우라고 하지 않으셨나요? 그럼, 소속사가 있을 거고 그곳에서 도움을 줄 텐데요?"

"그게 소속사에서는 제가 이번 오디션을 보는 걸 원하지 않아서요."

"네?"

소속 배우가 오디션 보는 걸 원하지 않는다고?

유명세가 처연한 표정으로 말을 이었다.

"소속사에서는 제가 지금처럼 일일 드라마에 출연하길 바라고 있어요. 저한테 영화는 아직 시기상조라고 생각하는 거죠. 평상시였다면 소속사 말을 따르겠지만, 이번 배역은 제가 꼭 하고 싶은 역할이라서 저도 모르게 고집을 피우고 말았어요."

"그럼, 소속사에서 오디션을 보는 것을 허락은 해 줬지만 지원은 해 주지 않겠다고 했겠군요."

"네, 맞아요. 실장님께서 꼭 보고 싶으면 도움을 바라지 말고 자력으로 도전하라고 말하셨어요."

"흐음."

양쪽의 입장 모두 이해가 됐다.

배우의 잠재력 혹은 본인보다는 소속사가 바라보는 시선
이 더 객관적일 것이다.

하지만 배우인 유명세에게도 배우로서의 꿈이 있을 것이
니, 오디션에 도전하고자 하는 그 마음도 충분히 납득이 됐
다.

"얘기는 잘 들었습니다. 하지만 단순히 연기 연습을 위
해 현직에 있는 사람의 경험을 듣고 싶은 것이라면, 변호사
를 찾아가는 게 좋을 것 같습니다."

"하, 하지만 저는 변호사가 아니라 검사 역할을 지원하
는 건데요?"

"대한민국에서 검사로 지내다가 그만두고 변호사로 개
업한 사람만 해도 셀 수 없이 많습니다. 잘 찾아보시면, 조
건에 맞는 분을 충분히 찾을 수 있을 겁니다."

엠퍼러 시티에서 거주하는 재력이라면, 변호사 한 명이
아니라 열 명이라도 무리 없이 고용할 수 있을 것이다.

그게 아니더라도 유명세의 이름처럼 유명세를 얻고 싶어
도움을 자처할 변호사가 있을지도 모른다.

'아! 그래서 혹시 이름이 유명세인가? 유명한 사람이 되
라는 이유로?'

잠깐이지만, 딴생각이 들었다. 하지만 설마하니 그런 단순한 이유로 이름을 그렇게 지었을까?

속으로 고개를 내저었다.

"그럼, 일이 있어서 이만 일어나겠습니다."

드륵—

내가 자리에서 일어나자 유명세 또한 자리에서 재빨리 일어섰다.

"도와주시면! 도와주시면 꼭 은혜를 갚을게요!"

"은혜요?"

"네!"

"죄송하지만, 제가 연예인이신 유명세 씨한테 도움 받을 일은 없을 것 같습니다."

연예인과 어울려 봐야 사람들의 구설수에 오르내릴 뿐이었다.

유명해지는 건 좋지만 어디까지나 긍정적인 영향에 한해서지, 욕을 먹고 지나친 관심이 달라붙는 건 사절이었다.

스윽—

트레이닝복의 옷깃을 잡는 유명세의 손을 보며 말했다.

"……제 뜻은 충분히 전달한 것 같은데요?"

"저 그 오디션 꼭 붙고 싶어요. 정말 한 번만 도와주시면 안 될까요? 네? 제발요, 검사님!"

유명세가 애절한 눈빛으로 나를 바라봤다. 그 눈동자를

통해 그녀의 절실한 마음이 전해져 왔다.

'후우.'

손가락으로 관자놀이를 지그시 눌렀다. 최대한 매너 있게 행동을 한 이유는 유명세가 연예인이었기 때문이었다.

지금 시대에 있어 연예인의 SNS는 파급력이 엄청나다.

그들이 맛있다고 칭찬하는 음식점은 맛집이 되고 평범한 옷은 브랜드가 되는 세상이었다.

내가 검사라는 사실을 아는 이상 이상한 짓을 하지는 않겠지만, 혹시라도 SNS에 오늘 일을 가지고 이상한 소리를 해대면 여러모로 곤란해지는 건 나였다.

어쨌든 대외적으로 내 신분은 공직자였다.

'케빈, 그 녀석에게 SNS를 지워 달라는 일 따위는 하고 싶지 않으니까.'

아마 모르긴 몰라도 그런 지시를 하면, 몇 달 동안은 날 놀릴 것이다.

"검사님, 어떻게 안 될까요?"

"정 그렇다면 좋습니다."

계속 거절하면, 무릎이라도 꿇을 기세였다. 그렇다면, 본인이 먼저 포기하게 만드는 방법을 사용하는 수밖에.

"저, 정말요? 정말 제 부탁을 들어주시는 건가요?"

유명세의 얼굴이 단번에 밝아지고 목소리에는 활기가 감돌았다.

"대신 모든 일정은 제게 맞춥니다. 지금처럼 제 퇴근 시간 이후 운동을 하는 시간에 그쪽이 궁금해하는 것을 물어보고 제가 답해 주는 형식입니다."

"그 정도면 충분해요!"

활짝 웃으며 대답하는 유명세를 바라보며, 난 속으로 고소를 지었다.

그녀는 알고 있을까?

대한민국 검사 중 제시간에 퇴근하는 검사가 열에 한 명이 될까 말까였다.

그런데도 그녀가 날 만나려면 아마 이곳 클럽에 거주하는 시간을 대폭 늘려야 할 것이다.

"그리고 아까 은혜를 갚는다고 했는데, 그렇게까지는 필요 없고 부탁 한 가지만 하겠습니다."

유명세가 고개를 끄덕였다.

"이상한 부탁만 아니면 뭐든지 들어 드릴게요!"

이상한 부탁의 경계선이 과연 어디까지인지 한번 묻고 싶었지만, 그것보다 일단 한 가지 확실하게 알고 가야 할 게 있었다.

슥—

얼굴의 웃음기를 지우고 진지한 목소리로 물었다.

"……정말 몰라서 그러는데 유명세 씨, 유명한 사람 맞습니까?"

❖ ❖ ❖

서울중앙지검.

마성 그룹 비자금 사건은 진도가 나갈 것 같으면서도 도돌이표마냥 계속 제자리를 맴돌고 있었다.

사건 해결의 열쇠를 쥐고 있다고 생각한 오민철에게서 별다른 움직임이 발견되지 않았기 때문이었다.

하지만 그렇다고 해서 모든 역량을 오민철 사건에만 쏟을 수만도 없는 노릇이었다.

해당 사건을 제외하더라도 매일 같이 처리해야 하는 사건의 숫자가 기하급수적으로 늘고 있기 때문이었다.

"우아! 이 드라마 또 최고 시청률 갱신했네? 이러다가 50% 넘는 거 아니야?"

점심시간.

가볍게 커피 한 잔을 하며, 쉬고 있던 민희선 실무관이 모니터를 바라보다가 감탄을 터트렸다.

"흐아암. 뭔데 그래요?"

따사로운 햇살에 졸고 있던 박동철 계장이 고개를 들어 눈을 깜빡이며 물었다.

"주말 드라마 〈황금 내 인생〉이요! 어제 시청률이 무려 46%예요. 이러다가 정말 50% 넘길 것 같다니까요?"

"아, 그 자식들 바뀐 드라마? 난 또 뭐라고. 스토리가 너무 뻔해서 난 별로던데."

"스토리는 뻔해도 배우들 연기가 완전 장난 아니에요.
주연 배우들은 물론 조연부터 시작해서 단역까지 완전 명
품연기라니까요."

"하긴 연기를 잘하긴 하더라."

드라마 광인 민희선 실무관이 열띤 목소리에 박동철 계
장도 순순히 고개를 끄덕였다.

그 역시 그녀의 지적에 동감했기 때문이었다.

"저기 실무관님."

"네, 검사님!"

"그 드라마 많이 유명합니까?"

"네?"

"〈황금 내 인생〉이란 드라마요."

"그럼요! 주말 8시에서 9시는 이 드라마 때문에 약속도
안 잡는걸요."

"그럼, 유명세라는 배우는요?"

분명 유명세는 자신이 〈황금 내 인생〉이라는 드라마에
출현한다고 말했었다.

더불어 약간이지만 인기도 있고 말이다.

"유명세요?"

"그…… 갖지 못할 거라면, 부숴 버리겠어!"

"아! 혜란이요!"

유명세가 했던 대사를 말해 주자 그제야 민희선 실무관
이 손뼉을 쳤다.

"혜란?"

"극중 배역 이름이 혜란이에요. 그런데 검사님도 그 드
라마 보세요? 아까 그 대사 혜란이 명대사인데? 그 사람,
요새 완전 신스틸러잖아요."

신스틸러(scene stealer)는 장면을 훔치는 사람이란 뜻
으로, 주연 못지않은 연기력과 개성을 보여 주는 조연들을
지칭하는 표현이었다.

'그래도 아주 무명 배우는 아닌가 보네.'

머릿속에 유명세의 모습이 떠올랐다. 아무래도 내가 생
각했던 것보다는 유명한 사람이었나 보다.

"에…… 그나저나 우리 검사님 의외시네요? 드라마 같은
건 전혀 안 보시는 줄 알았는데, 배우 이름이랑 대사까지
알고 계시고."

박동철 계장의 지적에 그저 웃으며 고개를 다시 책상 위
서류로 돌렸다.

삐리리- 삐리리-

바로 그때 수화기에서 전화 벨소리가 울렸다.

"아, 제가 받을게요."

검사만큼 혹은 그보다 더 바쁜 사람들이 수사관과 실무
관이었다.

적어도 점심시간만큼은 편히 쉴 수 있도록 배려해 주고 싶었다.

"네, 중앙지검 특수부 한정훈 검사입니다."

[헤이, 미스터 한?]

수화기 너머에서 들려온 목소리는 젊은 외국인 남성의 목소리였다.

조금 전 유명세의 일로 잠시 입가에 걸렸던 미소가 사라졌다.

"누구십니까?"

잠깐의 침묵.

그리고 그 침묵이 끝났을 때 들려온 목소리는 내 머릿속의 사고를 한순간 정지시켰다.

[Hi! My name is lucifer.]

Chapter 127. 룰렛의 또 다른 능력

"……루시퍼라고?"

미국에서 찾아왔던 알베로와 롱가.

내심 궁금했던 그들의 정체는 박무봉을 영입하면서 알아
낼 수 있었다.

미국 최고의 부호 중 한 사람인 제럴드의 사조직 용병,
그 집단과 마스터의 이름이 바로 루시퍼였다.

'박무봉의 얘기에 의하면, 루시퍼라는 인물은 어떤 작전
에서도 실패한 적이 없는 전설적인 용병이라고 했어. 그게
사람을 살리는 일이든 설령 죽이는 일이든 말이야.'

궁금증이 생긴 직후 즉시 케빈을 통해 루시퍼라는 인물

에 대해서 조사를 해봤다.

그러나 백악관, CIA, FBI 등 그 어떤 단체에서도 루시퍼에 대한 자료는 구할 수 없었다.

그렇게 대단한 용병과 관련해서 미국 정부가 파악하지 못하고 있다는 건 어불성설이었다.

그럼에도 기록이 없다고 한다면 그 이유는 한 가지밖에 생각할 수 없다.

모든 정보를 의도적으로 남기지 않은 것이다.

다시 말해서 루시퍼라는 용병은 적어도 미국 정부에 그 정도 영향력을 행사할 수 있는 존재라는 뜻이었다.

좀 더 나아가자면, 일개 개인이 정부를 움직일 수 있는 힘이 있다는 말이 되었다.

"루시퍼가 나한테 무슨 볼…… 아, 영어로 말을 해야겠군."

반사적으로 입에서 한국어가 흘러나왔다.

[괜찮습니다. 미스터 한. 한국말은 조금 할 수 있으니까요.]

"그거 다행이군요. 그래서 저한테 무슨 볼일입니까?"

상황이 상황인지라 목소리가 다소 격양되어 있었다.

상대 역시 그걸 느낀 것일까?

[그렇게 적대할 필요 없습니다. 단지 한 가지 알려줄 게 있어서 연락을 취한 겁니다.]

"......?"

[내가 지시한 것은 아니지만, 그래도 내 밑에 있는 친구들이 저지른 무례에 대한 답례라고나 할까요?]

답례가 참 빠르다.

벌써 2년이란 시간이 흘렀는데, 인제 와서 답례라니?

"그럴 필요 없습니다. 어차피 직접적인 피해는 없었으니까요. 게다가 2년이나 지나지 않았습니까?"

흥신소 직원을 이용해서 뒤를 밟은 건 분명 기분이 나쁜 일이었다.

그러나 앞서 말했듯 이미 2년이나 지난 일이었다.

그에 대한 감정은 이미 많이 사라졌다.

[No! No! 그렇게 거절만 할 상황이 아닙니다. 곧 댁과 같은 사람들이 단체로 You의 나라로 갈 테니까요.]

"......!"

한겨울 얼음물을 끼얹었을 기분이라고 할까?

순간 정신이 번쩍 들었다.

루시퍼가 말하는 댁과 같은 사람이 한국인을 말하는 것은 아닐 것이다.

그러다가 문득 떠오르는 생각이 있었다.

"......루시퍼, 당신도 설마?"

[이걸로 일전의 빚은 갚은 겁니다. 그럼, Good luck!]

뚜- 뚜-

웃음 가득한 목소리와 함께 전화가 끊겼다.

"이 자식이!"

재빨리 전화가 걸려온 번호로 다시 전화를 걸었다.

[지금 거신 번호는 없는 번호입니다.]

분명 방금 전 통화를 했음에도 불구하고 없는 번호라는 안내 메시지가 흘러나왔다.

쾅!

"젠장!"

주먹을 들어 책상을 내리치자 올려 있던 사무 집기들이 들썩거렸다.

"검사님, 괜찮으세요?"

"무슨 전화이시기에……."

고개를 돌리니 민희선 실무관과 박동철 계장이 놀란 얼굴로 나를 쳐다보고 있었다.

"아, 죄송합니다. 제가 너무 흥분했나 보네요."

애써 마음을 추스르며, 굳어진 얼굴에 미소를 지었다.

그 모습에 두 사람이 작게 고개를 끄덕이고 시선을 모니터로 돌렸다.

평상시라면, 그 모습에 무슨 말이라도 한마디 더했겠지만 안타깝게도 지금은 상황이 그리 녹록하지 않았다.

'루시퍼는 분명 내가 여행자라는 사실을 알고 있었다. 그렇다는 건 그도 여행자라는 뜻일까? 아니면, 여행자와 만났던 적이 있는 사람이라는 것일까?

잠시 생각해 봤지만, 결론은 전자였다.

그 이유는 루시퍼가 단 한 번도 실패를 하지 않은 최고의 용병이라는 점에 있었다.

여행자로서 신체 능력을 올리고 다양한 스킬을 익혔다면, 지금과 같은 명성을 얻게 된 것도 충분히 납득할 수 있는 일이었다.

어찌 됐든 나를 제외하고도 이 세상에 다른 여행자가 있다는 사실은 이미 알고 있었다.

문제는 루시퍼가 그 다음에 했던 말이다.

'나와 같은 사람이 단체로 한국으로 들어온다고 했어. 그 말은 다른 국가의 여행자들이 한국으로 들어온다는 건데. 어째서일까? 그들이 무슨 이유 때문에?'

한국에서 무슨 특별한 일이 생긴 것은 아닐까 하고 생각해 봤다.

그러나 최근 들어온 소식을 떠올려 보면 딱히 그런 것도 아니었다.

'정보가 부족해.'

통감할 수밖에 없는 사실이었다.

잠시 지금의 상황에 대해서 생각을 정리하다가 자리에서 일어났다.

"저 잠깐 실례하겠습니다."

"아, 넵. 혹시 다른 곳에서 찾으시면 뭐라고 말씀드릴까요?"

"사건 때문에 잠시 누구 좀 만나러 갔다고 얘기해 주세요."

"알겠습니다."

민희선 실무관에게 얘기를 해두고는 검찰청을 벗어났다.

"그의 말이 100% 사실이라고 볼 수는 없지만……."

반대로 100% 거짓이라고 단언할 수도 없다.

만약 50%만 사실이라고 해도 가볍게 넘어가서는 안 된다.

이유는 하나.

나 역시 여행자이기 때문이다.

그럴 리는 없겠지만, 만에 하나 그들의 목적이 나라는 존재일 가능성도 충분히 염두에 두어야 한다.

차를 이끌고 곧장 향한 곳은 엠페러 시티의 자택이었다.

띠띠띠— 띠딕—

문을 열고 들어서자 고요한 적막감이 나를 반겨 줬다.

지금 이 시간이면 아버지는 송파구에 있는 가게에 계실 시간이기 때문에 눈치를 볼 필요는 없었다.

서재로 걸음을 옮긴 뒤, 책상 옆 금고로 손을 뻗었다.

겉으로 보기에는 투박해 보이는 금고였지만, 장정 서넛이 힘을 합쳐도 들지 못할 만큼의 무게를 자랑했다.

또한, 정해진 패턴으로 잠금장치를 해제하지 않으면 일시적으로 전류가 흘러 대상을 기절시키는 방범 장치가 설치되어 있었다.

이 때문에 서재, 특히 금고 같은 경우에는 아버지에게도 출입을 자제해 달라고 사전에 신신당부를 했다.

딸칵-

잠금 장치가 풀리며 내부를 드러낸 금고 안에는 오로지 룰렛만이 들어 있었다.

금고에서 조심스레 룰렛을 꺼내 책상 위에 올렸다.

"우선은 게시판부터 확인을 해보자."

머릿속으로 M.G를 떠올리니, 눈앞에 홀로그램 게시판이 나타났다.

"되도록이면 이곳에서 답을 찾을 수 있으면 좋겠는데."

룰렛을 꺼낸 이유는 M.G에서 아무런 정보를 찾지 못할 경우를 위한 차선책이었다.

"어디 보자."

스크롤을 내리듯 천천히 게시판에 올라온 내용을 확인했다.

"음, 평소보다 게시물이 조금 적은 것 같은데?"

착각인지 모르겠지만, 매일 같이 올라오던 게시물이 조금 줄어든 느낌이었다.

"일단은 그게 중요한 게 아니지."

다시금 루시퍼가 말한 내용과 관련이 있는 게시물이 있는지를 찾아봤다.

포인트 역시 검색과 글 읽기에 아끼지 않고 투자했다.

"역시 무리인가?"

하지만 아무리 게시판을 살펴봐도 연관될 법한 내용은 보이지 않았다.

하긴 뭔가 특별한 일이 벌어지고 있다면, 멍청한 놈이 아닌 이상 게시판에서 그 사실을 떠들지는 않을 것이다.

M.G 게시판을 눈앞에서 지우고 책상 위 룰렛을 쳐다봤다.

시간을 돌릴 수 있는 룰렛.

타임 룰렛.

내가 룰렛을 얻은 지도 어느덧 4년이 되어 가고 있다.

그 시간 동안 단편적이지만 룰렛에 대해서 알게 된 것들이 있다.

그중 가장 중요한 사실은 룰렛이 내 욕망에 반응한다는 것이었다.

"여행을 가고자 하는 시간대와 인물은 랜덤이 아니야."

처음 룰렛을 돌렸을 때 나온 연도와 월, 일.

그리고 인물은 단순하게 무작위로 결정되는 게 아니었다.

머천트 준이 의도적으로 결정하는 게 아닌가라고 생각했던 때도 있었지만, 이제는 알 수 있다.

모든 건 앞서 말했듯 내 욕망에 따라 결정이 된다.

내가 강해지고 싶다면, 강해지는 데 도움이 될 수 있는 인물이 살고 있는 시점으로 룰렛의 시간대가 결정된다.

반대로 돈을 벌고 싶다면, 돈을 벌 수 있는 방법을 보유한 인물이 살고 있는 시점으로 시간대가 정해지는 것이다.

"예상보다 조금 빠르긴 하지만 그래도 가장 효과적으로 위험에 대비할 수 있는 방법은 이것뿐이야."

앞으로 어떤 일이 벌어질지 알 수 없다는 불안감.

이 불안감을 키워 욕망으로 만든다.

그리고 룰렛을 돌리면, 그에 대한 답을 가진 인물이 될 수 있을 것이다.

뿐만 아니라 정산의 방에서 지금까지 모은 포인트를 활용해서 아이템을 구입한다면, 그 또한 위험을 대비하는 방법이 될 것이다.

"후우."

가볍게 숨을 들이마시고 룰렛의 레버에 손을 올렸다.

벌써 몇 번이나 돌렸지만, 언제나 이 순간만큼은 심장이

터질 듯 두근거렸다.

'미래에 벌어질 알 수 없는 위험에 대비할 수 있는 방법. 그 방법을 내게 알려줘.'

두근- 두근-

애써 두근거리는 마음을 진정시키고 레버에 올린 손에 힘을 주려던 순간이었다.

띵동-

갑작스럽게 울리는 벨소리.

무심결에 몸을 돌리는 순간 나도 모르게 레버를 반대편으로 밀어 버리고 말았다.

"안 돼!"

절규와도 같은 비명 소리가 흘러나왔다.

혹시라도 룰렛의 레버가 고장 나지는 않았을까 하는 걱정 때문이었다.

하지만 이런 걱정은 기우에 불과했다.

드륵- 드르륵-

"……돌아가잖아?"

분명 레버를 반대로 돌렸음에도 불구하고 룰렛은 힘차게 돌아가고 있었다.

8개의 판이 각기 빠른 속도로 돌아갔다.

"20?"

가장 빠르게 움직임을 멈춘 곳은 날짜를 알려 주는 판

이었다.

그리고 이어서 달을 알려 주는 판이 멈췄다.

"8월 20일."

머릿속에 8월 20일과 관련된 기억들이 연이어 떠올랐다.

백제와 신라군 사이에 벌어졌던 황산벌 전투.

송병준, 윤시병 등 친일단체인 유신회를 일진회로 개칭.

소련, 수소폭탄 첫 실험 성공.

이란과 이라크의 정전 협정 발효.

에스토니아의 독립.

역사적으로 8월 20일에는 다양한 사건들이 벌어졌다.

그러나 아직은 확정할 수 없다.

달과 날짜는 그저 부수적인 것일 뿐, 가장 중요한 것은 어디까지나 연도였다.

드륵―

탁!

가장 앞에서 돌아가던 4개의 판의 속도가 점차 떨어지기 시작했다.

이윽고 숨을 한 번 크게 들이마시는 순간. 4개의 판이 멈추며 그 숫자를 확정했다.

"……이게 뭐야? 2025?"

눈을 크게 뜨고 다시 봤지만, 분명 가장 앞자리의 숫자는 2025였다.

룰렛이 던져준 시간대는 2025년 8월 20일이었다.

머리가 멍했다.

아니, 누군가 망치로 머리를 후려친 것 같은 충격이었다.

"하! 설마 과거만이 아니라 미래로도 갈 수 있던 거였어? 레버를 반대로 돌리면 됐던 거야?"

어째서 단 한 번도 생각하지 못했을까?

아니, 생각하지 못한 게 정상일 거다.

세상 누가 내리라고 있는 레버를 반대 방향으로 돌릴 생각을 했을까?

굳이 망가트릴 계획이 아니라면 말이다.

하지만 아쉽게도 지금 이 순간 여유롭게 생각을 정리할 만큼 시간이 충분하지 않았다.

마음의 준비를 한 순간, 예의 그 목소리가 속삭이듯 귓가에 들려왔다.

[당신이 방문할 세계의 시간이 설정되었습니다.]
[그럼, 좋은 여행되시길.]

번쩍!

눈앞의 빛과 보이던 풍경이 순식간에 암흑으로 물들었다. 하지만 그도 잠시뿐이었다.

깜박- 깜박-

몇 번이고 눈을 감았다가 뜨자 곧 익숙한 모습이 눈앞에 나타냈다.

"……제대로 왔네."

"그래서 혹시 실망이라도 하신 건가요?"

정산의 방 한가운데에 서 있던 머천트 준이 웃으며 말했다.

미운 사람도 자주 보면 정이 든다고 하던데.

시간이 이리 흘렀어도 참 적응이 안 된다.

"왜 그렇게 보시죠? 인제 와서 새삼스레 제가 잘생겼다는 사실을 깨닫기라도 한 건가요?"

다른 때 같았다면, 그 웃는 얼굴에 한마디 톡하고 쏘아줬을 것이다.

하지만 지금은 그럴 때가 아니었다.

"준, 혹시 여행자들에게 무슨 일이 있어?"

내심 궁금해하던 것부터 질문을 던졌다.

준이 어깨를 으쓱거렸다.

"질문의 요지가 명확하지 않다는 걸 모르지는 않겠죠?"

"그러니까 혹시 다수의 여행자들이 한 번에 움직일 만한 사건이 벌어지고 있냐고."

"이런! 여행자님의 세상에 그런 일이 있습니까?"

준이 능청스럽게 되물었다.

그 모습에 순간적으로 주먹을 쥐었다가 풀었다.

'하필 어린아이 모습을 하고 있어서는.'

만약 준이 남자 고등학생 정도의 모습만 하고 있었더라면 한 번쯤은 주먹을 날릴 시도를 했을 것이다.

그러나 앞에 있는 존재는 기껏해야 내 허벅지밖에 되지 않는 키와 큰 눈망울을 지닌 어린아이였다.

물론 그 겉모습이 가짜라는 것은 안다.

그래도 막상 이렇게 보고 있으면, 때리는 게 쉽지 않다.

"후우."

괜스레 한숨만 내쉬었다.

그 모습을 지켜보던 준이 웃었다.

"지금 오른손에 힘을 주셨던 것 같은데. 혹시 절 때리시려고 한 건 아니겠죠?"

"아니거든."

"그런가요? 뭐, 지금까지의 관계를 생각해서 한 대 정도는 맞아 드릴 용의도 있습니다. 제게 있어 한정훈 님은 소중한 여행자이자 고객이니까요."

"……정말이냐?"

순간 혹하지 않았다면, 거짓말일 것이다.

'눈을 감고 때리면…….'

이런 생각을 할 때 준이 또 다시 웃었다.

"당연히 농담입니다. 머천트가 여행자에게 맞았다는 소문이라도 나면 곤란하니까요."

"빌어먹을 자식."

난 이래서 저 녀석이 싫다.

스텟을 올리고 여러 스킬을 익혔음에도 불구하고, 녀석과 얘기하다 보면 계속 말려들었기 때문이었다.

"후후. 장난은 여기까지 하죠. 그리고 아까 질문에 대한 답변은 진짜였습니다. 아직까지 제 여행자에게 전해 줄 만한 특별한 일은 없습니다."

거짓은 아닌 것 같다.

그게 아니라면, 아직 특별하다고 생각할 만한 일이 벌어지지 않은 것이다.

"알았어. 그럼, 상점창부터 열어줘."

"알겠습니다."

딱!

준이 손가락을 튕기자 상점창이 눈앞에 떠올랐다.

'이번에 갈 곳이 미래라면, 내가 기존에 알고 있는 지식은 소용이 없어. 혹시 모를 위험을 대비하기 위해서는 여유 있게 아이템을 준비하는 편이 좋겠지. 아! 잠깐만. 2020년이면, 그때의 나는 어떻게 되는 거지?'

미처 생각하지 못하고 있던 문제였다.

하지만 그냥 지나치기에는 결코 작지 않은 문제이기도 했다.

"이봐, 준."

"대출이 필요하신가요?"

준이 눈을 반짝였다.

"대출 안 해."

"하긴 저번 여행지에서 꽤 많은 포인트를 쌓으셨죠? 아쉽군요."

"그보다 만약에 말이야. 여행자가 자신이 사는 세상보다 미래로 여행을 가게 되면 어떻게 되는 거야? 자기가 자신을 만날 수 있는 건가?"

"흐음."

준의 입가에 있던 미소가 가라앉았다.

반달을 그리고 있던 눈꼬리 역시 마찬가지였다.

"이번 여행지는 미래인가 보군요. 이쯤 되면, 한정훈 여행자가 갖고 있는 도구가 어떤 물건인지 더 궁금해집니다. 과거와 미래를 모두 갈 수 있는 도구는 그리 많지 않을 텐데……."

저번 여행이 끝났을 때 준이 내게 물어본 질문이 한 가지 있었다.

[그런데 한정훈 여행자가 가지고 있는 도구는 어떤 거죠?]

당시에 나는 그에 대한 대답을 하지 않았다.

별것 아닌 것일 수도 있지만, 왠지 그 순간만큼은 알려줘서는 안 된다는 생각이 들었다.

그런데 지금 이 순간 머천트 준은 또 다시 내 도구에 관심을 갖기 시작했다.

"……말해 주지 않으면 내 질문에도 대답해 주지 않을 생각이야?"

준이 고개를 저었다.

"그런 건 아닙니다. 하지만 기억하시죠? 질문에 대한 대답을 해 드리기 위해서는 포인트를 지불하셔야 합니다."

"어찌 됐든 답을 알고 있다는 거네."

"1,000 포인트를 지불하시면 답변해 드리죠."

과거라면 단번에 거절했을 것이다.

하지만 지난 여행에서 꽤 포인트를 쌓은 덕분에 1,000 포인트 정도는 지출할 여유가 됐다.

"좋아. 1,000 포인트를 지불할게."

[1,000 포인트가 차감되었습니다.]
[현재 포인트는 50,500 포인트입니다.]

시스템 메시지가 귓가에 들려옴과 동시에 1,000 포인트가 차감되었다.

"미래라고 해도 한정훈 여행자님은 한정훈 님일 뿐입니다."

"뭐?"

"다른 인간들과 마찬가지로 과거를 후회할 수도 있고 현재를 만족할 수도 있고 또는 미래를 궁금해할 수도 있는 그런 인간 한정훈 말입니다."

"자꾸 어렵게 말 빙빙 돌릴 거야? 내가 궁금한 건, 그때의 나도 여행자냐는 이 말이야."

"그건 직접 만나 봐야 알 수 있지 않을까요?"

"뭐?"

톡- 톡-

준이 손가락을 들어 자신의 머리를 가리켰다.

"잊으신 건 아니겠죠? 여행자가 됐다고 해서 영원히 여행자로 살 수 있는 건 아닙니다. 계기가 있다면, 모든 것이 변할 수 있습니다."

"……."

머릿속이 차갑게 식었다.

맞다.

준의 말대로 여행자는 언제든 모든 것을 잃고 평범했던 시절로 돌아갈 수 있다.

그 말은 2020년의 한정훈은 평범한 한 명의 인간이 되어 버렸을 수도 있다는 뜻이었다.

"……네 말대로 만나 봐야 알겠네."

"빠르게 납득해 주셔서 감사합니다."

고개를 꾸벅이는 준을 뒤로 하고 다시 시선을 상점창으로 옮겼다.

'일단 현재 보유한 소모 아이템부터 확인을 하자.'

[동기화의 물약x1]

[급속 치료 알약x2]

[강림의 비약x1]

해당 아이템들은 이제 여행을 시작할 때 필수로 구입하는 목록들이었다.

남은 숫자를 확인하고는 상점에서 소모 아이템을 검색했다.

〈중급 급속 치료 알약〉

종류: 소모성

횟수: 0/1

설명: 60초에 걸쳐 대상의 외상과 내상을 빠르게 치료합니다. 잘려진 신체 부위는 접합할 경우 300초에 걸쳐 회복

이 가능합니다. 단, 해당 부위의 부패가 10% 이상 진행된 경우에는 접합 효과가 발동하지 않습니다.

사용 방법: 적당한 물과 함께 알약을 섭취합니다.

주의 사항: 해당 상품은 소모성으로, 횟수를 모두 사용하면 자동 소멸됩니다. 이미 목숨이 끊어진 대상에게는 해당 제품의 효과가 발동되지 않습니다.

TP: 4,000

〈중급 방어의 비술〉

종류: 소모성

횟수: 0/1

설명: 사용 즉시 목표 대상을 보호하는 1회성 결계를 만듭니다. 해당 결계는 사용하고 나서 15초 동안 유지됩니다.

사용 방법: 해당 제품을 들고 목표를 향해 '방어'라고 외치세요.

주의 사항: 해당 상품은 소모성으로 횟수를 모두 사용하면, 자동 소멸됩니다. 결계의 힘보다 강한 공격을 받았을 경우에는 즉시 파괴될 수 있습니다. 해당 상품은 중복 사용할 수 없으며, 재사용을 위해서는 180분의 시간이 필요합니다.

TP: 4,500

〈중급 강림의 비약〉

종류: 소모성

횟수: 0/1

설명: 1분 30초 동안 정착자의 신체 능력에 여행자의 능력을 추가 부여합니다. 여행자가 지닌 모든 스킬을 사용할 수 있습니다.

사용 방법: 적당한 물과 함께 알약을 섭취합니다.

주의 사항: 해당 상품은 소모성으로 횟수를 모두 사용하면, 자동 소멸됩니다. 해당 비약은 중복 효과가 적용되지 않습니다.

TP: 4,000

"일단 중급 급속 치료 알약 하나, 중급 강림의 비약 하나. 그리고 중급 방어의 비술도 하나."

포인트는 아낄 때가 있고 써야 할 때가 있다.

우선 기존 보유한 아이템보다 한 단계 높은 등급의 소모용 아이템을 구입했다.

[중급 급속 치료 알약 x1을 구매하셨습니다.]

[중급 방어의 비술 x1을 구매하셨습니다.]

[중급 강림의 비약 x1을 구매하셨습니다.]

[12,500 포인트가 차감되었습니다.]

[현재 포인트는 38,000 포인트입니다.]

순식간에 포인트가 크게 줄어들었다.

하지만 아직 쇼핑이 끝난 것은 아니었다.

내 몸을 지키기 위한 것을 제외하고도 이번에는 특별히 구입해야 할 물건들이 몇 가지 더 있었다.

〈텔레포트 스크롤〉

종류: 소모성

횟수: 0/1

설명: 사용 즉시 기억 속에 있는 장소로 이동할 수 있습니다.

사용 방법: 해당 제품을 들고 기억 속에 있는 장소를 떠올리며, '텔레포트'라고 외치세요.

주의 사항: 해당 상품은 소모성으로, 횟수를 모두 사용하면 자동 소멸됩니다. 해당 상품은 차원과 시간의 흐름을 뛰어넘을 수 없습니다.

TP: 1,500

〈변신 스크롤〉

종류: 소모성

횟수: 0/1

설명: 24시간 기준 원하는 대상의 모습으로 변신할 수 있습니다. 단, 지니고 있는 고유한 능력은 변하지 않습니다.

사용 방법: 원하는 대상의 모습을 떠올리고 스크롤을 찢으세요.

주의 사항: 해당 상품은 소모성으로, 횟수를 모두 사용하면 자동 소멸됩니다. 변신한 대상과 조우할 경우 지속시간이 남은 상태라도 스크롤의 효과는 자동 해제됩니다.

TP: 5,000

〈랜덤 스텟 버프 스크롤〉

종류: 소모성

횟수: 0/1

설명: 180초 동안 무작위로 3스텟 포인트를 상승시킬 수 있습니다. 해당 상품은 중복 사용이 가능합니다.

사용 방법: 스크롤을 찢으세요.

주의 사항: 해당 상품은 소모성으로, 횟수를 모두 사용하면 자동 소멸됩니다. 단, 기존 스텟이 10을 초과할 경우 해당 효과는 적용되지 않습니다.

TP: 1,000

해당 소모 아이템들은 이전부터 눈여겨봤던 아이템들이었다.

특히 텔레포트 스크롤 같은 경우에는 어느 국가, 어느 도시가 될지 알 수 없는 상황에서 꼭 필요했다.

변신 스크롤이나 랜덤 스텟 버프 스크롤 역시 마찬가지였다.

'최고보다는 최악의 상황을 대비해야겠지.'

정산의 방을 나가고 난 뒤에 어떤 인물의 삶을 살게 될지, 또 무슨 퀘스트를 받게 될지 알 수 없다.

그렇다면, 예상한 것보다 최악의 정착자가 될 가능성도 염두에 두어야 한다.

예를 들면 80대의 노인이 되거나 스텟이 5 미만인 경우였다.

위기의 순간 3스텟은 결코 적은 수치가 아니다.

힘으로 따지면 5의 스텟은 30~40Kg 정도의 벤치프레스를 들 수 있지만, 8의 스텟은 60~70Kg의 벤치프레스를 드는 게 가능해진다.

낼 수 있는 힘이 근 두 배 가까이 차이가 나는 것이다.

"……텔레포트 스크롤 두 개, 변신 스크롤 한 개, 랜덤 스텟 버프 스크롤 세 개를 구매할게."

[텔레포트 스크롤 x2를 구매하셨습니다.]

[변신 스크롤 x1을 구매하셨습니다.]

[스텟 버프 스크롤x3을 구매하셨습니다.]

[11,000 포인트가 차감되었습니다.]

[현재 포인트는 27,000 포인트입니다.]

순식간에 23,000 포인트 이상을 소비했다.

과거였다면, 감히 저지르지 못할 과소비였다.

하지만 이런 준비가 나를 지켜 주고 또 여행에서 보다 많은 포인트를 얻을 수 있다는 것을 깨달은 이상, 더는 아끼는 것만이 능사는 아니었다.

꽤 많은 물건을 구매했기 때문일까?

처음보다 준의 얼굴이 눈에 띄게 밝아졌다.

"더 구매하실 물건은 없으신가요?"

"충분해."

"그럼, 볼일이 끝나신 것으로 판단하고 이만 여행지로 보내 드리겠습니다."

고개를 끄덕이자 머천트 준이 손을 들어 올려 자세를 잡았다.

딱!

"그럼, 좋은 여행되시기 바랍니다."

머천트 준의 얼굴에 걸려 있던 미소가 진해졌다.

제법 많은 물건을 거래했기 때문일까?

몸을 죄는 족쇄가 많이 가벼워졌다.

물론 일시적일 뿐이다.

시간이 지나면 이 저주받은 족쇄는 언제 그랬냐는 듯 다시금 자신을 옥죄기 시작할 것이다.

"……그래도 이렇게 몸이 가벼워진 게 대체 얼마만인지. 잘 키운 보람이 있다니까. 후후."

준의 눈동자가 과거를 찾았다.

과거라고 해 봐야 그에게 있어서는 잠깐 낮잠을 자는 수준의 시간일 뿐이다.

하지만 그가 보는 과거에서 한없이 부족하고 나약했던 여행자는 이제는 어느덧 자신의 몫을 충분히 해내고 있었다.

이 정도면, 초기 위험을 감수하고 투자했던 비용은 충분히 뽑은 셈이었다.

"부디 앞으로도 힘내 주시길. 당신을 위해서도 그리고 저를 위해서도 말입니다."

텅 빈 공간.

머천트 준이 담담한 목소리로 중얼거릴 때였다.

우웅―

아무도 없는 공간에서 일렁거림이 생겼다.

"후우, 또 입니까?"

그 모습에 준이 한숨을 쉬었다.

이렇게 무례한 방법으로 자신을 찾아올 머천트는 딱 한 명뿐이었다.

"마리아, 언제나 말하지만. 이런 식의 방문은……."

짐짓 화난 어조로 말하던 준의 얼굴이 굳어졌다.

공간의 일렁거림을 통해 나타난 존재는 마리아가 맞았다.

그러나 언제나 웃음 가득한 얼굴로 그를 바라보던 마리아의 얼굴에서 눈물이 흐르고 있었다.

그 모습을 확인한 준의 감정에 동요가 생겼다.

그래 봐야 거대한 호수에 돌멩이 하나가 던져진 정도에 불과했다.

그러나 그를 아는 존재가 봤다면, 이것만으로도 놀라기에는 충분했다.

"……무슨 일이야?"

준의 물음에 마리아가 양손으로 얼굴을 가렸다.

"흑흑…… 준, 내 여행자가…… 흑흑."

흐느끼는 목소리에 말이 제대로 이어지지 않았다.

준이 애써 차분한 목소리로 말했다.

"침착. 침착하고 제대로. 마리아, 네 여행자가 어떻게 됐다는 거야?"

얼굴을 가리고 있던 손을 치운 마리아의 얼굴에는 눈물

자국이 가득했다.

　마리아가 감정을 삼키듯, 입술을 꽉 깨물며 말했다.

　"방금 원래 세계에서 다른 여행자한테 살해당했어."

Chapter 128. 내가 죽었다고?

번쩍!

백색의 빛이 눈앞에서 사라졌다.

동시에 여행이 시작되면, 늘 들려오던 목소리가 귓가를 흔들었다.

[동기화가 향상됩니다.]

[현재 동기화는 5%입니다.]

"음."

머릿속이 멍하다.

아니, 그것보다는 약간 어지럽다고나 할까?

흡사 술에 취했을 때의 기분과 비슷했다.

"잠깐만, 술?"

정신을 차리고 눈앞을 바라보자 테이블 위에 어지럽게 쌓인 술병이 보였다.

그와 함께 코끝을 향해 지독할 정도의 알코올 냄새가 들어왔다.

"크윽, 속 쓰려. 이 사람 대체 술을 얼마나 마신 거야?"

속이 아릴 정도의 고통에 반사적으로 가슴과 아랫배 사이를 문질렀다.

"지독하네. 지독해."

누군가에게 묻지 않았지만, 지금의 상황은 대충 알 수 있었다.

찌푸려진 인상 속에 타임 포켓에서 동기화의 물약을 꺼내 마셨다.

[동기화 수치가 대폭 상승하였습니다.]

[현재 동기화는 15%입니다.]

속 쓰림은 여전했지만, 수면 아래 잠자고 있던 기억들이 서서히 물밀듯 들어왔다.

영국, 데이비드, 외과의사, 34세, 미혼, 수술 실패, 빚,

괴로움, 심란함 등등 온갖 기억이 머릿속을 헤매기 시작했다.

하지만 문제는 기억을 정리하는 것보다 계속해서 몸을 괴롭히는 숙취가 문제였다.

"이런 상황에서 사용하게 될 줄은 몰랐네."

황당함도 잠시였다.

결국, 타임 포켓에서 급속 치료 알약을 꺼내 그대로 삼켰다.

숙취 또한 일종의 내상이라고 할 수 있다.

어느 정도 효과가 있을 게 분명했다.

30초가 흘렀을까?

서서히 속 쓰림과 두통이 가라앉기 시작했다.

"후우."

가볍게 한숨을 내쉬고 기억을 더듬어 찾은 냉장고에서 생수 한 병을 꺼내 단숨에 내용물을 비워 냈다.

꿀꺽- 꿀꺽-

"이제야 좀 살겠네. 그보다 이번에는 대체 어떤 인물이 된 거지?"

시선을 돌려 방 안에 있는 전신 거울을 쳐다봤다.

183cm 정도 되어 보이는 키에 마른 체형.

머리는 깔끔한 스포츠 스타일이었으며, 오랜 피로가 누적된 듯 눈은 빨갛게 충혈되어 있었고, 광대뼈가 퀭하게 들어가 있었다.

"완전 피로에 찌든 몸이네."

급속 치료 알약을 하나 먹었음에도 불구하고 몸 상태가 좋지 않은 것을 보면, 대충 답이 나왔다.

"일단은 기본 능력치부터 확인해 볼까?"

아직 임무가 활성화되지 않은 상황이었기 때문에 상태창부터 호출했다.

[데이비드+]
영국의 외과의사.
근력: 4
민첩: 11
체력: 4
지력: 13
*동기화가 낮아 확인할 수 없습니다.

"하! 무슨 체력이 이래?"

민첩과 지력에 비해 근력과 체력의 수치가 월등히 낮았다. 체력 같은 경우에는 당장 100m 달리기만 해도 심장을 부여잡고 쓰러질 정도였다.

현재 상태를 보면 모르긴 몰라도 무슨 일을 계기로 몸을 막 굴린 것이 분명했다.

"그나저나 이제 슬슬 떠오를 때가 됐는데."

[임무가 생성되었습니다.]

목표: 환자의 목숨을 살려라(0/5)

설명: 영국의 외과의사인 데이비드는 최근 집도한 수술이 실패하며 환자가 목숨을 잃었고, 이로 인해 병원에서 징계를 받았습니다.

이후 그는 극심한 트라우마에 시달리며 매일같이 술로 하루를 지새우고 있습니다.

14일 동안 트라우마를 극복하고, 5명의 환자의 목숨을 살리세요.

[임무가 활성화됐습니다.]

[현재 남은 시간은 336시간입니다.]

"14일 동안 환자 5명의 목숨을 살리라고?"

임무의 내용을 곱씹으며, 머릿속에 상기시켰다.

아주 어려운 임무가 아닌 것은 분명했다.

여차하면, 급속 치료 알약과 중급 급속 치료 알약을 사용해도 되는 일이었다.

포인트 낭비가 있긴 하지만, 그리하면 시간 내에 3명의 환자만 치료하면 된다.

물론 이 몸의 주인인 데이비드의 실력이 관건이긴 하지만, 설마 그 정도 실력도 없을까?

"그보다 휴대폰이 어디 있지?"

임무도 중요하지만, 우선은 그보다 앞서 확인할 것들이 있었다.

책상 위 어지럽게 널브러져 있는 술병들 사이에서 휴대폰을 찾았다.

"다행히 휴대폰은 크게 바뀌지 않았네."

IT 기술은 해마다 급격하게 진보하고 있다.

혹시 2025년에는 다른 통신 기기를 쓰는 게 아닐까 하고 걱정했지만, 데이비드의 휴대폰은 기존 내가 살던 시점과 크게 다를 바 없는 외향이었다.

"으음."

머릿속에 다양한 전화번호가 떠올랐다.

잠시 고민을 하다가 이내 차태현 국장의 번호를 입력하고 통화버튼을 눌렀다.

〈손을 뻗고 들어올려~! I Can!〉

생전 들은 적이 없던 음악이 휴대폰 너머에서 들렸다.

"이런 컬러링을 사용했었나?"

고개를 갸웃거리는 것도 잠시.

연결이 되며 목소리가 흘러나왔다.

[여보세요?]

휴대폰에서 들려온 건 차태현 국장이 아닌 처음 듣는 젊은 여성의 목소리였다.

[저기요? 전화를 걸었으면, 말을 해야죠.]

"저……."

[네?]

"죄송하지만, 차태현 씨 휴대폰 아닙니까?"

[차태현이요? 아닌데요. 잘못 걸었습니다.]

뚝—

통화는 그렇게 종료되었다.

전화번호에 대한 내 기억이 잘못되었을 리는 없다.

그렇다는 건 차태현 국장의 휴대폰 번호가 바뀌었다는 것이다.

어째서일까?

갑자기 쓰던 휴대폰 번호를 바꾼 이유가?

잠시 생각을 하다가 이내 케빈에게 연락 가능한 번호로 전화를 걸었다.

[지금 거신 번호는 없는 국번이오니…….]

차태현 국장에 이어 케빈 또한 연락이 되지 않았다.

"……."

이쯤 되면 지금의 상황을 가볍게 넘길 수 없다.

이어서 곧장 박무봉에게도 전화를 걸었다.

[지금 거신 번호는 없는 국번이오니…….]

케빈과 마찬가지였다.

두 사람과 다이렉트로 연결이 가능한 번호가 모두 없는 번호라는 음성이 흘러나오고 있었다.

갑자기 목이 타는 갈증이 느껴졌다.

차태현 국장 한 명이라면 그러려니 하고 넘어갈 수 있다.

하지만 케빈은 물론 박무봉까지 연락이 닿지 않는다는 것은 내가 알지 못하는 큰일이 발생했다는 것이 분명했다.

5년이란 시간 동안 말이다.

마음을 진정시키고 손에 들고 있는 휴대폰을 내려 봤다.

"어쩔 수 없나."

세 사람과 연락이 되지 않는 이상, 이제 다이렉트로 확인해 보는 수밖에 없다.

띠-

잠시 신호음이 가더니 목소리가 들린다.

[네, 서울중앙지검입니다. 무엇을 도와 드릴까요?]

"……한정훈 검사실 부탁합니다."

[네?]

"특수부 한정훈 검사요."

[아! 실례지만 어떤 관계세요?]

"한 검사님 외국인 친구입니다. 오랜만에 연락을 해서 그런지 휴대폰 번호가 바뀐 것 같아서요."

[알겠습니다. 잠시만 기다려 주세요.]

실제 시간은 분명 얼마 되지 않았을 것이다.

하지만 느낌으로는 꽤 오랜 시간이 흐른 것 같다.

입안이 점점 말라가고 있다는 사실을 느끼고 있을 무렵, 기다렸던 목소리가 다시 흘러나왔다.

[저기 죄송합니다. 현재 중앙지검에는 한정훈이란 성함의 검사님이 안 계시는데, 잘못 아신 거 아닌가요?]

댕-

머릿속에 종이 울리는 기분이라고 할까?

아니, 누가 망치로 뒤통수를 친 것 같다.

'5년 사이에 검사 일을 그만둔 건가? 아니면 다른 지검으로 발령? 그도 아니라면……'

차태현, 케빈, 박무몽 모두 연락이 안 되는 와중에 이제는 내가 다니던 직장에서 또한 날 찾을 수가 없다.

"저기 죄송한데, 그럼 혹시 다른 지검 소속인지 확인할수 없을까요?"

[죄송합니다. 거기까지는 알려 드릴 수가 없을 것 같네요.]

"알겠습니다. 수고하세요."

통화를 끝내고 이마를 짚었다.

"이것 참."

앞에 놓인 술병을 바라보니 급기야 술을 마시고 싶다는 욕구가 치밀어 올랐다.

이렇게 되면 전화로 지금의 상황에 대해서 알 수 있는 방법은 마지막 수단밖에 없다.

정면 돌파.

미래의 내게 연락을 취하는 것이다.

떨리는 마음을 애써 추스르고 과거 내가 사용하던 휴대폰 번호로 전화를 걸었다.

뚜우- 뚜우-

그렇게 얼마 동안 신호음이 갔을까?

[여보세요.]

정상적으로 시간이 흘렀다면, 지금의 내 나이는 29살일 것이다.

그러나 휴대폰 너머로 들린 목소리는 족히 50살은 넘어 보였다.

이번에도 휴대폰 번호가 바뀐 것일까?

아니다.

그러기에는 내가 결코 잊을 수 없는 목소리였다.

"……아버지?"

[예?]

당황 어린 목소리에 그제야 내 실수를 깨달았다.

"아, 그게 저기 한정훈 씨 아버지 아니십니까?"

[……맞는데. 누구요?]

"전 한정훈 씨의 외국인 친구입니다. 한국에 들어갈 일이 있는데, 오랜만에 정훈이를 볼까 해서요."

거짓말을 하면서 내심 기대를 걸었다.

아버지라면, 지금의 내가 정확히 무엇을 하고 있는지 몰라도 대충 어떤 상황인지는 알 것이다.

그렇게 애써 두근거리는 마음을 진정시키고 대답을 기다린 지 얼마나 시간이 흘렀을까?

휴대폰 너머로 청천벽력 같은 소리가 들려왔다.

[……외국이라서 소식이 전해지지 않은 모양입니다. 우리 정훈이는 3년 전에 죽었습니다. 혹시 이렇게 연락을 해 오는 사람이 있을까 봐 예전 정훈이 번호를 아비인 내가 사용하고 있고요.]

뒷목이 뻣뻣해지고 눈앞이 침침해진다.

조금 전 상황이 망치로 머리를 때리는 충격이었다면, 지금은 머릿속에 최소 핵폭탄이 터진 것 같은 기분이었다.

가슴이 미어지고 터질 것 같았다.

[여보세요? 듣고 있습니까?]

"……."

아버지로부터 내 죽음을 직접 전해 들었다.

아니, 그냥 전해 들은 정도가 아니다.

내 죽음을 전하는 아버지의 목소리에서는 아직도 그 당시의 일을 잊지 못한 아픔이 그대로 전해져 왔다.

얼마나 아프셨을까? 또 슬프셨을까?

지금이라도 죽지 않았음을 사실대로 말하고 싶다.

내가 당신의 자식이라고 말이다.

하지만 그래서는 안 된다.

지금은 미래, 과거에 일어난 일을 막기 위해서는 대체 무슨 일이 벌어졌는지를 보다 자세히 알아야 한다.

그래야 막을 수 있으니까.

꽉─

입안에 고인 침을 삼키며, 부들거리는 주먹을 으스러져라 쥐었다.

손질하지 않은 손톱이 손바닥을 파고들어 피가 흘러나왔지만, 그런 고통은 정신적 충격에 비하면 아무것도 아니었다.

"어떻게…… 어떻게 죽은 겁니까? 사고? 아니면 병?"

[심장 마비였습니다.]

"심장 마비요?"

순간 기막힘에 웃음이 흘러나올 뻔했다.

비행기 사고나 건물이 무너지는 등의 규모였다면, 어느 정도 이해했을 것이다.

하지만 심장 마비라니?

다른 사람을 눈빛으로 심장 마비시키는 것이라면 몰라도, 여행자로 사는 내가 심장 마비에 걸렸을 리가 없었다.

'분명 뭔가 있다.'

지독한 악취가 느껴졌다.

하지만 지금의 정보로는 그 악취에 대한 추측만 가능할 뿐, 확신은 할 수가 없었다.

"……그런 일이 있었군요. 뭐라 말을 해야 할지 모르겠습니다. 삼가 고인의 명복을 빕니다."

말을 하면서도 입가에는 비릿한 실소가 걸린다.

참으로 웃기는 상황이 아닌가?

내가 나한테 명복을 빌고 있다니.

[아닙니다. 이렇게 우리 정훈이의 명복을 빌어 줘서 고맙습니다.]

침울한 아버지의 목소리를 뒤로하고 손에 들고 있던 휴대폰을 힘없이 내려놓았다.

"지금으로부터 3년 전이면 2022년. 내가 그때 죽었단 말이지? 룰렛을 돌리고 2년 뒤에 심장 마비로 말이야."

머릿속에 루시퍼가 했던 말이 다시 떠오른다.

분명 다수의 여행자들이 한국을 향해 오고 있다고 했다.

어쩌면, 내 죽음은 그때의 일과 관련이 있을지도 모른다.

그리고 그에 대해 알아보기 위해서는 내 오른팔과 왼팔이 되어 주었던 차태현, 케빈, 박무봉과 하루 빨리 접촉할 필요가 있었다.

그들이라면 내게 어떤 일이 일어났는지 보다 정확하게 알고 있을 것이다.

스윽—

타임 포켓에서 텔레포트 스크롤을 꺼냈다.

〈텔레포트 스크롤〉

종류: 소모성

횟수: 0/1

설명: 사용 즉시 기억 속에 있는 장소로 이동할 수 있습니다.

사용 방법: 해당 제품을 들고 기억 속에 있는 장소를 떠올리며 '텔레포트'라고 외치세요.

주의 사항: 해당 상품은 소모성으로, 횟수를 모두 사용하면 자동 소멸됩니다. 해당 상품은 차원과 시간의 흐름을 뛰어넘을 수 없습니다.

TP: 1,500

"일단은 한국으로 가자."

데이비드라는 사람에 대한 동기화는 현저히 낮지만, 한국에서 활동하기에 무리가 있을 정도는 아니었다.

지금은 무엇보다 내 죽음에 대한 진실을 밝히는 게 먼저였다.

"······텔레포트."

사용 방법대로 시동어를 외치자 손에 들고 있던 스크롤
에서 빛이 뿜어져 나오며, 전신을 휘감았다.

팟!

수 초에 불과한 시간이었지만, 눈을 뜨는 순간 세상이 변
해 있었다.

웅성웅성—

"저 사람 갑자기 나타났어!"

"뭐? 에이, 그게 말이 돼?"

"아니, 진짜라니까!"

"아이고! 오빠, 어제 먹은 술 덜 깼지? 그러니까 내가 적
당히 마시랬잖아!"

"아니, 진짜라니까!"

"왜 화를 내고 그래? 나 집에 갈래!"

대화를 나누는 커플들의 목소리를 뒤로하고 시선을 돌렸
다.

그곳에는 사적 제 117호인 경복궁의 입구가 자리하고 있
었다.

"역시 이곳은 변하지 않았네."

몇 년의 시간이 흘렀어도 이름 높은 유적지는 변하지는 않을 것이라고 생각했다.

그중 서울에서 제일 먼저 생각난 곳이 바로 경복궁이었다.

"영국이랑 날씨가 비슷한 것 같아서 다행이야."

한국의 8월과 영국의 8월은 비슷하다.

두 곳 모두 여름이었기에, 입고 있는 옷 때문에 이상한 시선을 받을 이유는 없었다.

갑자기 나타난 것 또한 잠깐의 소란이 있을 수 있지만, 굳이 대꾸하지 않는다면 금방 관심에서 멀어질 것이다.

지금 내가 몸을 빌려 쓰고 있는 데이비드는 어찌 됐든 외국인이었기 때문이다.

어지간히 외국어에 대해 자신 있는 사람이 아니라면, 대다수의 한국 사람들은 외국인에게 쉽사리 접근하지 않는다.

"일단은 지난 5년 동안 무슨 일이 일어났는지부터 확인해야겠네."

휴대폰을 켜고 경복궁 주변의 맵을 띄웠다.

인터넷 검색이야 휴대폰을 통해서도 할 수 있지만, 그래도 한 번에 많은 양을 검색하기에는 역시 컴퓨터가 편했다.

경복궁에서 삼청동 쪽으로 지도를 넓히자 곳곳에 PC방이 보였다.

"자, 그럼 가 볼까?"

"어서 오…… 하, 하이?"

ZZANG라고 적혀 있는 PC방으로 들어서자 마침 쟁반 위로 라면을 옮기던 직원이 어색한 미소와 함께 인사를 건 넸다.

직원에게 가볍게 고개를 끄덕이고는 입구에 놓인 충전 기계로 걸어갔다.

"5년이 지났어도 PC방은 여전하네."

슬쩍 고개를 돌리니, 과거보다 훨씬 세련된 모니터들이 보였다.

"뒷길 뚫렸다!"

"신호할 테니까 지금 들어오는 새끼부터 일점사!"

"내가 잡을 테니까 뒷길부터 막아!"

"병신아! 그걸 못 잡아?"

헤드폰을 낀 학생들로부터 온갖 욕설 섞인 고함이 흘러 나왔다.

곁눈질로 슬쩍 모니터를 바라봤지만, 생전 처음 보는 게 임이었다.

[충전할 금액을 넣어주세요.]

기계에 떠오른 메시지를 보고 아무런 생각 없이 주머니에 손을 넣다가 아차 하는 심정이 됐다.

"……돈이 있으려나?"

돈이 있다고 해도 문제다.

데이비드는 영국인이다.

그리고 내가 사용하려고 하는 기계는 대한민국 PC방에서 사용하는 기계였다.

즉, 한화가 아니라면 사용이 불가능하다는 것이다.

"생각보다 현금이 별로 없네."

주머니에서 지갑을 꺼내 보니 안에는 10파운드짜리 지폐 다섯 장이 전부였다.

한화로 따지면 대략 7만 원 정도였다.

그나마 다행이라고 하면 신용카드가 있다는 점이었다.

"그래도 명색이 의사인데, 카드가 정지되지는 않았겠지?"

카드 결제를 누르면서도 내심 불안감이 들었다.

동기화의 물약을 통해 얻은 단편적인 기억.

〈수술 실패, 빚, 우울증, 심란함.〉

그 기억을 볼 때 현재 데이비드의 상황이 좋지 못했기 때문이었다.

삑-

[5,000원 결제가 완료되었습니다.]

다행히도 카드는 멀쩡한 모양이었다.

무사히 결제가 완료됐다는 메시지에 작게 안도의 한숨을
내쉬었다.

"후우."

기계의 하단에서 나온 쿠폰을 집어 들고 PC방의 구석진
자리로 가서 자리를 잡았다.

"일단 내 죽음부터 알아보자."

검색 창에 한정훈 검사를 적어 넣었다.

대한민국은 IT 강국이다.

어지간한 사건은 하루가 되기 전에 인터넷 기사로 올라
오기 마련이었다.

"⋯⋯여기 있네."

[서울중앙지검 특수부 검사 심장 마비로 사망]

2022년, 6월 15일. 영동고속도로를 지나던 서울중앙지
검 특수부 한 모 검사가 심장 마비로 사망하는 사건이 벌어
졌습니다.

주변 사람들의 증언에 따르면, 사법 고시와 사법 연수원
모두 수석 타이틀을 거머쥔 한 검사는 평소 검찰청 내에서
도 촉망받는 인재였다는 사실을 확인할 수 있었습니다.

해당 사건의 수사를 맡은 경찰 측은 한 검사가 담당하던 사건과 관련된 증인을 만나러 가던 도중 심장 마비에 의해 사망한 것으로 추정하고 있으며, 타살의 정황이 보이지 않는 만큼 사건을 종결할 계획이라고 밝혔습니다.

한편, 심장 마비가 일어난 직후 한 검사는 주변의 피해를 최소화하기 위해 스스로 가드레일을 들이박은 것으로 밝혀져 주변의 안타까움을 자아내고 있습니다.

〈한빛 일보 강지후 기자〉

강지후라는 이름은 들어 본 적이 없지만, 내 시선을 사로잡은 건 한빛 일보라는 글자였다.

즉, 내가 죽은 당시에도 한빛 일보에는 문제가 없었다는 것을 추측할 수 있었다.

"사건의 증인을 만나러 가는 도중에 심장 마비라……."

추가로 몇 가지 관련된 기사를 더 검색해 봤지만, 특별한 내용은 없었다.

현직 검사의 사망 사건이라고는 하지만, 타살의 정황도 보이지 않았기에 추가 수사 진행 없이 심장 마비 사고사로 종결지은 듯했다.

타닥- 타다닥-

검색창에 한빛 일보를 검색해 봤다.

관련된 기사가 주르륵 떠올랐는데, 마지막 글은 2023년

4월 13일에 올라온 한 평론가의 글이었다.

[진실을 외치던 한빛 일보, 결국 역사의 뒤안길로 사라지다.]

각종 외압에 굴하지 않고 늘 한결같은 목소리로 진실을 외치던 한빛 일보가 재정 악화와 각종 소송에 휘말린 끝에 창립 3년 만에 문을 닫게 됐다.

〈세상의 진실을 밝히기 위해 발로 뛰겠습니다.〉라는 슬로건을 걸고 창립했던 한빛 일보는 그간 광고 없는 신문사, 소신 있는 신문사 등으로 독자들의 많은 사랑을 받아 왔다.

〈중략〉

한빛 일보의 폐간이 확정된 직후. 편집부 김하나 팀장은 마지막 기사를 통해 '그분께서 죽고 차태현 국장과 끝까지 진실을 알리기 위해 노력했지만, 차태현 국장마저 세상을 떠나자 더는 진실을 알릴 용기가 생기지 않는다.' 는 말을 남겼다.

김하나 팀장이 언급한 그분의 정체에 대해서는 알 수 없었지만, 그녀의 말을 통해 한빛 일보 폐간에 보이지 않는 외압이 존재했음을 짐작할 수 있었다.

이렇듯 보이지 않는 손에 의해서 국내외의 신문사가 폐간된 적은 이번만이 아니다. 10년 전 미국의 애리조나에서는……

스크롤을 쭉 내려 평론가의 글을 읽다가 정신이 번쩍 들었다.

"나뿐만 아니라 차태현 국장도 죽었다고?"

눈꼬리가 파르르 떨렸다.

급히 차태현 국장과 관련된 내용을 추가로 검색하기 시작했다.

그렇게 찾아낸 내용은 내가 죽은 지 불과 3개월이 채 지나기도 전에 마주 오는 화물차로 인한 교통사고로 사망했다는 기사였다.

"3개월 사이로 한 명은 심장 마비, 다른 한 명은 교통사고로 죽은 게 과연 우연일까?"

그럴 리 없을 것이다.

나와 내 주변 사람들의 관계에 대해서 잘 알고 있는 누군가가 저지른 일이 분명했다.

"차태현 국장이 당했다면, 케빈과 박무봉의 존재에 대해서도 알고 있을 확률이 높아."

불길한 생각이 들었다.

두 사람 모두 쉽게 당할 사람은 아니지만, 상대 역시 쉽게 생각해서는 안 된다.

정체불명의 적은 내 팔과 다리를 노리기 전에 몸통부터 노렸다.

그만큼 자신과 실력이 있다는 소리였다.

눈앞에 두 개의 기사가 잡힌다.

〈서울중앙지검 특수부 검사 심장 마비로 사망!〉
〈한빛 일보 차태현 국장 교통사고로 사망!〉

어쩌면 이번 여행은 룰렛이 날 살리기 위해 내게 준 마지막 기회인지 모른다.
그렇다면, 그 기회를 놓쳐서야 되겠는가?
빠득—
"어떤 녀석인지 몰라도 절대 가만두지 않으마. 과거의 나와 내 지인을 죽인 대가, 톡톡히 치러야 할 거야."

5년이란 시간 동안 대한민국에는 꽤 많은 사건 사고들이 있었다.
특히 2025년 대선 주자로는 손태진이 나왔다.
그의 나이 42세.
김주훈 대통령에 이어 40대 대선 주자가 또 한 번 나온 것이다.
그뿐만 아니라 서울을 필두로 전국의 지지율 역시 상당히 높았다.
이 지지율을 유지해 간다면, 당선이 확실시된다는 기사까지 나올 정도였다.

놀라운 사실은 여기서 그치지 않았다.

"D.K 그룹이 망해?"

놀랍게도 적대적 M&A를 통해 D.K 그룹을 인수한 KV 그룹은 대한 그룹에 이어 재계 2위에 올랐다.

한때 D.K 그룹이 글로벌 기업의 대명사로 뽑히던 것을 고려하면, 기막힌 상황이 아닐 수 없었다.

하지만 연관된 기사를 보면 내가 당시 염려했던 미래와 크게 다를 바가 없었다.

회장이었던 안성우가 물러나고 레이아가 전권을 잡았지만, KV 그룹과의 기술 제휴 계약 파기 소송에서 패하며 D.K 그룹은 엄청난 액수의 배상금을 토해 냈다.

그 와중에 레이아가 희망 재단의 공금을 횡령했다는 것이 밝혀지며, 국제적으로 법적 소송에 휘말리고 D.K 그룹은 경영에 큰 위기를 맞았다.

그뿐만이 아니었다.

레이아의 경영권이 흔들리자 마치 기다리기라도 했던 듯, KV 그룹은 페이머스 북과 기술 제휴를 체결했다.

그에 따라 나이트 북은 관련 분야에서 점차 영향력을 잃기 시작했고, 이후는 앞서 확인된 것처럼 KV 그룹에서 적대적 M&A를 통해 D.K 그룹을 전격 인수했다.

레이아?

횡령 혐의로 조사를 봤던 레이아는 말 그대로 억 소리

나는 변호사를 고용해서 집행유예로 풀려났다.

애당초 그녀는 미국 국적을 보유했으며, 미군을 움직일 정도의 인맥까지 보유하고 있었다.

그런 그녀에게 과연 집행유예가 어려웠을까?

"사건 담당 검사가 나였다면 또 모를…… 어?"

아무런 생각 없이 중얼거린 말이었지만, 순간 머릿속에 뭔가가 스치듯 지나갔다.

재빨리 메모장에 검색 기록을 옮겨 적기 시작했다.

〈2022년 3월 03일 D.K 그룹, KV 그룹 기술 제휴 협약 위반 패소〉

〈2022년 4월 11일 레이아 회장, 횡령 혐의 피소〉

〈2022년 6월 15일 한정훈 사망〉

〈2022년 8월 31일 차태현 국장 사망〉

〈2022년 9월 02일 D.K 그룹 레이아 회장 집행유예〉

〈2023년 10월 15일 KV 그룹, D.K 그룹을 향해 적대적 M&A 선포〉

〈2023년 11월 23일 D.K 그룹 레이아 회장 퇴임〉

〈2023년 12월 10일 KV 그룹, D.K 그룹 본격 인수 작업〉

불과 1년도 되지 않은 시간 동안 이 모든 일이 벌어졌다.

시가총액만 수조 원이 넘는 기업을 인수하는 일이다.

그런데도 모든 일이 번갯불에 콩 구워먹듯 진행됐다.

탁!

그리고 무엇보다 중요한 건 바로 이 내용이었다.

〈서울중앙지검 특수부, D.K 그룹 레이아 회장 횡령 혐의
조사 시작.〉

기사에는 해당 사건의 조사를 맡은 담당자가 누구인지를
언급하지 않았다.

하지만 특수부라고 적혀 있는 것을 보면, 나와 무관했을
리가 없다.

"……만약 이 사건을 내가 수사한 것이라면, 레이아는
어떻게 반응했을까?"

순순히 받아들였을까?

아니, 절대 그럴 리 없다.

분명 수단 방법을 가리지 않고 막으려고 들었을 것이다.

"어쩌면……."

머릿속에서 사방팔방 흩어져 있던 퍼즐의 조각 한두 개
가 서로 맞물리려는 순간이었다.

우웅—

휴대폰 액정 위로 메시지 하나가 떠올랐다.

[······당신 대체 누구예요?]

발신인은 전 한빛 일보의 편집 팀장.

내게 KV 그룹에게 복수하고 싶다고 말했던 김하나였다.

만약 좀 전의 기사를 보지 못했더라면, 김하나에 대해서
는 떠올리지도 못했을 것이다.

하지만 불행 중 다행으로 김하나의 이름이 거론된 것이
나로서는 신의 한 수였다.

"그녀라면 차태현의 죽음이 뭔가 이상하다는 것을 알고
있을 거야."

내가 사람을 잘못 본 것이 아니라면 말이다.

아무튼 김하나와 연락을 취하기 위해 과거 그녀가 올린
기사에 기입된 주소로 메일을 보냈다.

연락이 되지 않을 수도 있지만 어차피 밑져야 본전이었다.

지금의 상황에서 더 나빠질 건 없었다.

결과적으로 김하나로부터 연락은 왔고 암흑 속에서 한
줄기 빛이 내려왔다.

[고인이 된 차태현 국장과 그 위에 있던 사람을 아는 사
람입니다. 김하나 씨에게 몇 가지 묻고 싶은 게 있는데, 잠
시 시간을 내주실 수 있겠습니까?]

연락이 온 번호로 메시지를 써서 보냈다.

전화를 할 수도 있지만 굳이 그러지 않은 것은 김하나에게 충분히 시간을 주기 위해서였다.

나와 차태현이 죽고 3년이란 시간이 흘렀다.

그 시간이 그녀에게 어땠을지 나는 알 수 없다.

그러니 급하게 다가가서는 안 된다.

급할수록 돌아가라는 말이 있지 않은가?

"기다리자."

그렇게 PC방의 시간이 거의 끝나갈 때 쯤 다시금 휴대폰으로 한 통의 메시지가 도착했다.

[지금은 늦었고 내일 만나요. 오후 1시, 강남역 체리벅스요.]

[알겠습니다. 그럼, 내일 뵙겠습니다.]

다행히 약속은 잡혔다.

답장을 보내는 사이 이용 시간이 끝난 PC는 대기 화면으로 바뀌었다.

정보 검색은 충분히 했기 때문에 더는 PC방에 머물 이유가 없었다.

PC방을 나와 하늘을 올려다봤다.

그새 해가 저물고 밤이 찾아오고 있었다.

"······그나저나 이제 어디로 가야 하나."

당연한 말이지만, 데이비드의 집은 영국에 있다.

고작 하룻밤을 보내고 오기 위해 텔레포트 스크롤을 사용하는 것만큼 어리석은 짓은 없었다.

그렇게 다음 목적지에 대해서 잠시 고민하고 있을 무렵.

대학생으로 보이는 커플이 앞을 지나갔다.

"아기야~ 뭐 먹고 싶은 거 없어?"

남자의 목소리에 여성이 눈을 흘기며 말했다.

"아기라니! 이렇게 큰 아기 봤어?"

"봤지! 지금 내 앞에 있잖아. 아무튼, 먹고 싶은 거 있으면 모두 말해. 오늘은 우리 아기 보호자인 이 몸이 다 사 줄 테니까!"

여자가 잠시 고민하다가 말했다.

"음, 그럼 난 떡볶이!"

"고작 떡볶이?"

의외의 메뉴에 남자가 반문하자 여성의 눈이 반달 모양으로 변했다.

"나 떡볶이 완전 많이 먹을 거거든? 그러니까 각오하는 게 좋을 거야. 자, 얼른 가자!"

팔을 잡아끄는 여성의 행동에 남자가 이내 웃음을 터트리더니 그녀를 따라 걸었다.

"혜진이도 떡볶이를 참 좋아했는데······."

두 사람을 보고 있으니, 최혜진의 얼굴이 떠올랐다.

아버지뿐만이 아니라 그녀 역시 내 죽음으로 많이 괴로워하고 슬퍼하며, 상심했을 것이다.

빠득—

또 다시 이가 갈렸다.

나의 죽음으로 인해 내게 무엇보다 소중한 사람들의 가슴이 갈기갈기 찢긴 것에 대한 분노가 들끓었다.

답답해지는 가슴에 크게 숨을 들이마셨다.

이렇게 호흡을 고르지 않았으면, 아마 심장을 부여잡고 자리에 주저앉았을 것이다.

그만큼 데이비드의 체력은 분노를 감당하는 것조차 힘들만큼 최악이었다.

"빌어먹을."

점차 진정되는 가슴을 부여잡으며, 걸음을 옮겼다.

아무래도 오늘은 일단 편히 쉴 수 있는 숙소가 필요할 것 같다.

남대문, 라마다 호텔.

4성급 호텔로, 가장 저렴하다고 할 수 있는 스탠다드 룸의 가격은 7만 원 선이다.

이 금액은 현재 데이비드가 지닌 현금의 전부라고 할 수 있다.

결국, 내키든 내키지 않든 카드를 사용할 수밖에 없었다.

"한도가 얼마나 되려나……."

호텔 로비의 현금 서비스 기계를 찾아 카드를 집어넣었다.

데이비드에게는 미안하지만, 지금 당장은 그가 보유한 돈을 사용할 수밖에 없다.

아무리 내가 과거에 돈이 많았다고 해도 현재 시점에서는 죽은 사람일 뿐이다.

당시 만약의 상황을 대비해서 남몰래 여윳돈을 만들어두긴 했지만, 그 돈 역시 당장 찾는 것은 무리였다.

"데이비드, 여행이 끝날 때 꼭 배로 갚겠습니다."

진심으로 미안한 마음을 담아 중얼거리는 순간이었다.

[동기화가 향상됐습니다.]

[현재 동기화는 16%입니다.]

"웅? 설마 배로 갚는다는 말 때문은 아니겠지?"

마치 내 의지에 대답하기라도 하듯 처음으로 동기화가 향상되었다.

비록 1%였지만, 무겁던 마음이 한결 가벼워졌다.

입가에 미소를 머금고 현금 서비스 버튼을 선택했다.

카드의 한도에 대한 기억이 없기 때문에 일단은 인출 가능한 최대한의 현금을 뽑을 생각이었다.

드륵- 드르륵-

지갑에는 총 3개의 카드가 있었다.

그중 한 장은 정지된 카드였으며, 다른 1장의 카드는 10만 원을 뽑을 수 있었다.

그나마 다행인 것은 마지막 카드로 200만 원을 인출할 수 있다는 점이었다.

"이 정도 금액이라면, 돈을 마련할 때까지는 충분히 버틸 수 있겠네."

만약 3장의 카드에서 10만 원 남짓밖에 인출할 수 없었다면, 호텔을 나와 모텔을 찾았을 것이다.

숙박비를 제외하고라도 식비와 교통비 등 당장 돈을 써야 할 곳이 한두 가지가 아니었다.

하지만 200만 원이라면, 내가 사전에 준비해 둔 돈을 찾기까지 충분히 여유롭게 버틸 수 있는 금액이었다.

저벅- 저벅

로비 데스크로 걸음을 옮기자 안내 직원이 입가에 미소를 지었다.

표정에 당황함은 없었다.

외국인들이 즐겨 찾는 남대문에 위치한 호텔답게 카운터에 배치된 직원들 대다수가 기본적으로 영어에 능통했다.

"무엇을 도와드릴까요?"

"숙박을 하려고 합니다. 이왕이면, 룸에 욕조가 있었으면 좋겠고요."

"욕조는 주니어 스위트부터 배치되어 있는데, 괜찮으신가요?"

"얼마죠?"

"텍스(tax)를 포함해서 한화로 27만 5천 원입니다."

기본이라 할 수 있는 스탠다드 룸에 비하면 4배나 비싼 가격이었다.

하지만 별다른 말없이 미리 찾은 현금으로 해당 비용을 지불했다.

앞으로 치를 전쟁을 생각하면, 몸의 피로는 최대한 풀어 두는 편이 좋았다.

'급속 치료 알약을 남발할 수도 없으니까.'

이럴 줄 알았으면, 해당 아이템을 좀 더 사 올 걸 그랬다.

하지만 지나고 나서 후회해 봐야 언제나 늦을 뿐이다.

"참, 그리고 노트북을 사용하고 싶은데 가능하겠습니까?"

키를 건네받고 묻자 직원이 미소와 함께 고개를 끄덕였다.

"네, 방으로 가져다 드리도록 하겠습니다."

"감사합니다."

"더 필요한 건 없으신가요?"

"괜찮습니다."

"그럼, 좋은 시간 보내시기 바랍니다."

고개를 숙이는 직원을 뒤로하고 엘리베이터로 걸음을 옮겼다.

로비 곳곳에는 캐리어를 끌고 다니는 다양한 국적의 외국인들이 보였다.

잠시 그들을 바라보다가 이내 엘리베이터를 타고 방이 있는 17층으로 향했다.

삑-

철컥-

문을 열고 들어서자 시원한 공기가 가장 먼저 나를 맞이해 줬다.

"깔끔하네."

5성급 호텔의 스위트룸처럼 큰 공간은 아니었지만, 두 개의 공간으로 분리된 주니어 스위트룸은 혼자 사용하기에는 충분히 넓은 공간이었다.

욕실 역시 깔끔했고 요구했던 대로 하얀색 욕조가 안쪽에 자리를 잡고 있었다.

"후우, 일단 좀 씻을까?"

많이 걸은 건 아니었지만, 그래도 여름인 탓에 땀에 젖은

옷에서 시큼한 냄새가 느껴졌다.

하지만 한 가지 문제가 있었다.

"하! 근데 나 옷도 없잖아?"

너무 급하게 텔레포트 스크롤을 사용한 덕분에 미처 갈아입을 옷도 챙기지 않았던 것이다.

"아무래도 나가서 요깃거리도 좀 사고 옷도 사 와야겠네."

삐— 삐—

때마침 휴대폰의 배터리가 15% 밑으로 떨어지며, 경고음이 흘러나왔다.

"……충전기도 사고 말이야."

빈 몸으로 오다 보니 이래저래 사야 할 게 한 보따리였다.

한숨을 내쉬고 무거운 몸을 억지로 일으켜 세웠다.

그렇게 호텔을 나서 남대문 상가를 돌며 가방을 비롯해 옷가지 등을 샀다.

다행히 밤이 없는 남대문이라는 명성답게 늦은 밤임에도 불구하고 필요한 물건을 사기에는 어려움이 없었다.

옷 이외에도 맥주, 샌드위치, 육포, 과자 등의 요깃거리를 사서 호텔로 복귀하니 시간은 밤 11시였다.

침대 옆 탁자에는 체크인할 때 부탁했던 노트북이 놓여 있었다.

먹을 것들을 탁자 위에 대충 올려 두고 욕조에 물을 받아 들어갔다.

"으아. 몸이 녹는다, 녹아."

데이비드는 제법 키가 큰 편이었다.

욕조에 다리를 쭉 뻗을 수는 없지만, 뜨거운 물의 온기가 몸 구석구석을 훑고 들어가니 절로 신음이 흘러나왔다.

딱-

그 상태에서 맥주 한 캔을 뜯어 입안으로 털어 넣자 천국이 따로 없었다.

잠시 그 기분을 만끽하다가 상태창을 열었다.

[현재 남은 시간은 325시간입니다.]

"음, 11시간쯤 지났나?"

여행이 시작되고 11시간이 흘렀다.

그사이 내가 알아낸 것은 나를 비롯한 누군가는 죽고 다른 누군가는 사라졌다는 것이다.

"김하나가 뭔가를 알고 있어야 할 텐데……."

그녀가 뭔가 알고 있으리라고 생각하지만, 이건 어디까지나 짐작일 뿐이다.

만에 하나라도 차태현의 죽음 직후 김하나가 이상함을 감지하지 못한 채 아무런 조사를 진행하지 않았다면, 그녀를 만난다 한들 얻을 게 없었다.

즉, 다시 말해서 처음부터 오롯이 내 힘으로 알아내야 한다는 것이다.

꼬르르–

눈을 감고 머릿속을 물속에 집어넣었다.

답답하고 복잡한 문제다.

하지만 반드시 풀어야 하는 문제이기도 했다.

풀지 못하면, 이 끔찍한 미래가 그대로 재현될 테니까 말이다.

창문을 타고 들어오는 햇살에 감았던 눈을 떴다.

거금을 들여 호텔에서 잠을 청했건만, 생각보다 몸 상태가 편하지 않았다.

시차 때문은 아니다.

몸은 데이비드였지만, 정신은 내 것이기 때문에 다행히 시차로 인해 힘든 점은 없었다.

그보다는 머릿속에 잡다한 생각이 많아 쉽사리 잠자리에 들지를 못했다.

스윽–

몸을 일으켜 세워 탁자에 놓인 휴대폰을 집었다.

밤사이 여러 통의 메시지가 도착해 있었다.

〈알렉스〉

[데이비드 너 대체 어디야?]

〈알렉스〉

[그 수술은 네 잘못이 아니라니까! 징계 위원회에서도 그냥 넘어간 일을 대체 왜 그렇게 마음에 두고 있는 건데?]

〈알렉스〉

[젠장, 집에도 없네. 알렉스, 대체 어디 있는 거야? 언제까지 병원에 출근도 안 하고 그렇게 술만 마시며 지낼 건데!]

〈알렉스〉

[바보 같은 자식! 할 말 있으니까 메시지 보면 꼭 연락해. 낮이든 밤이든 상관없으니까 꼭!]

대부분의 메시지는 알렉스라는 사람에게서 온 것이었다.

"알렉스…… 알렉스…… 아!"

알렉스를 계속 되뇌자 동기화가 오르며, 머릿속에 단편적인 기억이 떠올랐다.

[동기화가 향상되었습니다.]

[현재 동기화는 18%입니다.]

단지 이름만으로 동기화가 올랐다는 것은 알렉스라는

존재가 데이비드에게 있어서 꽤 중요한 위치에 있는 사람이라는 것을 뜻했다.

"영국 런던 세인트 종합 병원의 외과 의사. 데이비드와는 대학교 동문이자 같은 외곽 소속에…… 으음, 그렇게 된 일이었나?"

동기화가 크게 오른 것은 아니었기 때문에 자세한 것은 알 수 없었다.

하지만 데이비드를 계속 괴롭히는 수술 실패가 그의 잘못만은 아니라는 것을 알게 됐다.

애초에 데이비드가 수술했던 환자는 골든 아워(Golden Hour)가 지난 환자였다.

골든 아워란 사고나 사건에서 신속한 치료를 행하면 목숨을 구조할 가능성이 높은 1~2시간을 뜻하는 용어로, 이 시간을 지난 환자는 사망할 확률이 급격하게 높아진다.

문제는 데이비드가 수술한 환자가 영국의 대중 일간지인 뉴스 오브 더 월드 편집장의 자식이라는 점이었다.

사랑했던 자식의 죽음에 분노한 부모는 담당 의사였던 데이비드를 모든 원흉으로 몰아갔고, 그때부터 지독한 마녀사냥이 시작되었다.

본래 심성이 모질지 못했던 데이비드는 그 마녀사냥을 견디지 못하고 집 안에 틀어박혀 하루하루를 술로 보냈던 것이다.

"세월이 흘러도 마녀 사냥은 여전하네. 하긴 사람의 질투와 이기심이 사라지지 않는 이상 달라질 리가 없지."

자식을 잃은 부모의 마음은 이해하지만, 그렇다고 한들 죄 없는 사람을 죄인으로 만들어서야 되겠는가?

소방관이 모든 사람을 구조할 수 없듯이 의사 또한 모든 생명을 살릴 수 없는 법이다.

그들 또한 신이 아닌 평범한 인간일 뿐이다.

늘 자신보다 타인을 위해 스스로의 목숨을 내놓고 살고 있는 불쌍한 인간 말이다.

〈12권에 계속〉